排班戀人

芍庭◎著

排班愛人

作　　者：芍　庭
出 版 者：生智文化事業有限公司
發 行 人：宋宏智
行銷企劃：汪君瑜
責任編輯：范維君
印　　務：許鈞棋
專案行銷：吳明潤
登 記 證：局版北市業字第 677 號
地　　址：台北市新生南路三段 88 號 7 樓之 3
電　　話：（02）2363-5748　　　傳真：（02）2366-0313
讀者服務信箱：service@ycrc.com.tw
網　址：http://www.ycrc.com.tw
郵撥帳號：19735365　　　戶名：葉忠賢
印刷：鼎易印刷事業事業股份有限公司
法律顧問：北辰著作權事務所
初版一刷：2005 年 4 月　　　新台幣：180 元
ISBN：957-818-693-2

國家圖書館出版品預行編目資料

排班愛人 / 汪郁檠著. -- 初版. --
臺北市 ： 生智, 2004[民 93]
面； 公分. -- (臺灣作家系列)
ISBN 957-818-693-2(平裝)
857.7　　93021563

總　經　銷：揚智文化事業股份有限公司
地　　　址：台北市新生南路三段 88 號 5 樓之 6
電　　　話：(02)2366-0309
傳　　　真：(02)2366-0310
※本書如有缺頁、破損、裝訂錯誤，請寄回更換

卷一

兩人不說一句話，年輕人不斷地觀察著妘蘭，等待著出擊的最佳時機。年輕人邊抽著Davidoff，邊仔細打量妘蘭若有所思的神情，終於像是發現了什麼一樣：「妳的男人沒來找妳嗎？回家陪老婆了嗎？」妘蘭驚訝地看著身旁這個原本預定打入冷宮的男人……

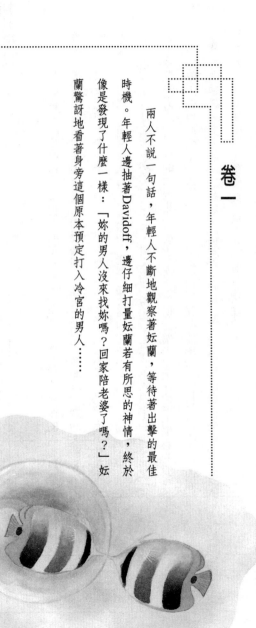

沿著鵝黃色的牆壁環視，復古的鏤花紅木大床，講究形式氣派的男人所購買的超級豪華組合音響，一張莊嚴肅穆的紅木書桌，圍繞著同是紅木桌的一套過於舒適的大沙發，還有視野良好的舒適陽台，以及寬敞得過於奢侈的衛浴設備及廚房，家具的氣派，仍遮掩不住四十坪過大空間的寂寥。床鋪正對的就是橢圓長狀的厚重鐵門，掩然「情婦的住所！」

妘蘭獨自身陷在柔軟的大床裡，情人節的夜晚，有著眾人追求的她，竟然獨自一人等待著正與妻小團聚的男人，這樣的狀況也不是第一次了，但妘蘭仍忍不住落下傷心的淚珠。

在屋內愈待愈悶，心愈想愈慌，她知道現在不能撥電話給男人，不能引起男人妻子的一絲懷疑，否則她將會失去他。這一刻，妘蘭覺得好無助，痛恨自己爲什麼會愛上這個不能給她完整幸福的男人，痛恨自己爲什麼會對這男人的餘溫無法釋懷。

妘蘭不願意再耽溺於想念男人的痛苦中，也不願意再責備自己的不爭氣，於是走到梳妝台前，回想著當年學生時代身爲校花的意氣風發，以及平常走在街上眾人的目光焦點，不敢相信自己竟然會有這麼悲慘的一天，竟然無法與自己的情人浪漫地共度情人節夜晚，這對一向高傲的妘蘭而言，簡直就是地獄般的折磨。

和著黃色的燈光，看著明鏡中面貌姣好的自己，妘蘭不禁自問：「爲什麼妳會淪落到這種地步？」稍飾一下胭脂，套上性感的紅色紗質細肩短洋裝，以及紅色細帶高跟鞋，站到長鏡前，收攏起因男人而喪失的自信心，隨即提著閃閃發光鑲珠的金色小皮包，盤起烏黑的長髮，步出房門。

「今天就不開男人送的車，畢竟那是屬於他的！」妘蘭第一次背著男人獨自前往Pub，只希望有人能暫時取代男人在她心中的重要位置，雖然她打從心底認爲在Pub不可能遇到眞心對待她的異性，只希望藉由異性的眼光取得一時的平衡罷了。

但就算清楚地知道不可能發生什麼出軌的事，在妘蘭來說也仍是對男人的報復與背叛。

＊　＊　＊

妘蘭坐在吧台前的位置上，點了杯與她身上鮮紅色洋裝相稱的血腥瑪莉，從金色的皮包內拿出紅色Dunhill，以及金底紅玫瑰的打火機。一身火紅包裹著妘蘭白皙的肌膚，猶如燃燒著的冰雪般，刺激著在場男性的目光。

有兩個男生像找尋獵物般地走向妘蘭，其中一個頭髮有點自然捲的波度，身高約一百七十五公分，不同於肌肉男的強壯體格，鼻子挺直，遠遠看去條件還算不錯，但帶了個小跟班一起壯膽，那麼表現就不會多好了。

只見他支支吾吾地：「小姐……有榮幸認識妳嗎？」妘蘭心想：「那麼俗氣的話虧你說得出口，請問一下，你是要我怎麼拒絕你？」妘蘭心裡想的話語在她臉上表露無遺，對方見到她的神色，就放棄嘗試，趕緊退縮地自己找了個台階：「看樣子，你是想一個人靜一靜，我就不打擾了。」妘蘭鄙夷地笑了一笑，示意他趕快離去。

不斷有異性過來搭訕，但在妘蘭看來，這些人不是太輕浮、太沒內涵、太沒個性，就是長的太醜、太矮……他們的邀請或言語，都被妘蘭犀利的回應一一打退。「沒有人配得上我，沒有人及得上他」，妘蘭對這裡的異性興趣缺缺，又再度感傷地想著「難道我眞的要跟他這樣一輩子？」

雖然心中不免有此哀嘆，但由於男人的溫柔體貼，以及兩人深濃的默契及感情，妘蘭並沒有眞正考慮要離開男人，只不過是偶爾煩悶時的小牢騷。

從深紅的口中吐出不曾間斷的煙，深深地進入自己的思緒中。忽然有人輕拍妘蘭的肩膀，將她拉回這嘈雜的空間。「這麼吵的地方還可以這麼認眞地遐思啊？」

妘蘭望著正在跟她說話，帥勁卻不修邊幅的年輕人，心想又是個窮小子。

她對於這種地方的搭訕感到不耐煩，像是要趕人似地說：「因爲這裡沒有個像樣的男人」。「我也有同感。」出乎意料的回答，讓妘蘭再對他投以一瞥的注意。

年輕人回答：「我觀察妳很久了，替妳抱屈。」年輕人其實一直站在妘蘭的旁邊，觀察著她回絕那些「蒼蠅」時的高傲表情，似乎從那種表情及回應中，可以看出她對對方個別的眞實評價，雖然評價各有不同，回絕的眞正理由各有不同，但一直沒有改變的是那種一貫的高傲，這令年輕人覺得有趣，也激起了他挑戰的慾望。

年輕人又繼續說：「要不斷地回拒這些不像樣的男人，的確很傷……」妘蘭看著他認眞的表情，激勵了年輕人的鬥志！

「我替妳想到一個好法子，就是妳讓我坐在旁邊，這樣那些不像樣的男人看到了，會以爲妳接受了我的搭訕，就不會有人敢再過來騷擾妳了，可以嗎？」年輕人舉著手上的Vodka Lime說。

妘蘭實在不想搭理這窮小子，但覺得他的建議不失爲一個好方法，反正她看來看去，也沒見著自己會願意接受的男人，索性讓這窮小子當她的門神，那些恐龍怪獸就會退避三舍，她也可以專心地聽歌、看人，或做自己的事了。

看著年輕人誠懇的表情，妘蘭無情地說：「這個座位並不是我訂的，所以你愛坐不坐都不干我的事。」年輕人故意忽略她所顯露出的高傲，一屁股坐了下去：「我懂，妳的意思是『請坐』！」

妘蘭斜眼瞪著這個坐在她身邊的年輕人，心想這麼厚臉皮的事情，虧他做得出來。妘蘭開出了個條件：「請你了解，我並沒有請你坐下，因爲那位置並不是我的，所以我也無權叫你不要坐，既然你已經坐下了，那也只是你自己的事情，與我並無任何的關聯，所以你也無須開口跟我說話。」說完，妘蘭就逕自喝著自己的酒，不理會年輕人高舉著的酒杯。當然，年輕人也不甘示弱地喝了一口酒。

妘蘭見狀，心裡不禁嘀咕：「又沒有人要跟你喝酒，眞是自作多情。」

* * *

兩人不說一句話，年輕人不斷地觀察著妘蘭，等待著出擊的最佳時機。年輕人邊抽著Davidoff，邊仔細打量妘蘭若有所思的神情，終於像是發現了什麼一樣：「妳的男人沒來找妳嗎？回家陪老婆了嗎？」

妘蘭驚訝地看著身旁這個原本預定打入冷宮的男人……

年情人心想：「看吧！被我猜中了，看來，妳就快要被我收服了。」他張著整齊的牙齒笑笑，故意靦腆謙虛地說：「沒有啦，我是瞎猜的。」

妘蘭才收起一臉的震驚，好奇地問：「我看起來像人家的情婦嗎？」年輕人仍是笑笑的，諂媚地回答道：「因爲當妳的男友一定巴不得每天陪在妳身邊，更何況是這種特別的日子，除非是有非常不得已的理由。」

他又補充：「而且妳的穿著很有質感，應該經濟寬裕，不是一般上班族的行頭。」妘蘭笑了笑，鬆了一口氣，心想自己還眞的一臉情婦臉，如果是那樣的話就太悲慘了。

妘蘭隱瞞地笑著回答：「你的想像力眞是豐富。」看見妘蘭的笑容，年輕人乘勝追擊，舉起右手自我介紹：「我叫衛明。第一次來嗎？以前沒見過妳。」既然都已經好奇地問人家問題了，妘蘭也不好意思再堅持之前的原則：「我叫Joan。」

妘蘭說了自己的英文名字，與年輕人握手，隨即又啜了一口血腥瑪莉。

＊　＊　＊

妘蘭對衛明敏銳的觀察力產生好感，看著一身素樸的他問：「你是學生嗎？」

「我從大學畢業後，就一直不務正業。妳呢？」衛明反問道。

「我是人家的情婦。」妘蘭露出一臉俏皮。一方面調侃著自己的眞實身分；一方面順著衛明的話；在虛虛實實之間捉弄他。

「那我們同樣是不務正業一族，只是妳不務正業可以有豐富的收入，而我不務正業卻落得一身寒酸。唉！老天眞是不公平啊！」衛明裝著一臉無奈。

看著衛明做出的一臉唉嘆樣，以及拿情婦與他的不務正業做同等的比喻，而沒有任何像是開玩笑的道德責難，妘蘭終於無防備地開心笑了。

衛明認眞地看著妘蘭的笑容，發現她並不是那麼不可親近的人，只是剛認識時的姿態高了一點而已，如果能夠突破她的心防，他相信，那冷若冰霜的外表下，必定藏著一顆熾熱的心，他對那顆被刻意隱藏的心感到好奇。

＊　＊　＊

「衛明，這麼美麗的小姐都不會介紹給我們認識啊！」幾個原本站在DJ台的男子朝他們走來。

「我是看你們水準太差，怕你們被她虧。看，我對你們多好啊！」衛明看到妘蘭不想搭理的表情，好心地替雙方解除尷尬，邊用雙手手指搓著其中一個男子的袖口，裝出令人好笑的撒嬌樣。看看無動於衷的妘蘭，那幾個男子摸摸鼻子說：「難得有美麗的小姐肯跟你說話，就放了你一馬，不跟你搶了。」拍了拍衛明的肩膀隨即離去。

因爲不想應付其他人，但卻始終對衛明滑稽的表情憋笑的妘蘭，終於忍不住大笑了起來。「有那麼好笑嗎？」衛明覺得妘蘭的表現有點誇張，心想：「難道這就是冷若冰霜的外表下，所隱藏的熾熱的心嗎？不會的，那顯然有點瘋狂。」

雖然這麼想，但衛明還是被妘蘭狂放的笑容吸引住，目不轉睛地看著她。聽到衛明這樣問，妘蘭忽然發現，連她自己都不了解爲什麼會這麼開心。妘蘭也驚訝地發現，每當衛明一直盯著她看時，自己竟然有點害羞，她簡直不能接受自己竟然會因爲眼前這個窮小子的注意而害羞。

她的眼光一直都是很高的，雖然衛明的長相以及身材都算男人中的佼佼者，但那股學生般的窮酸樣，絕對不是妘蘭所能夠忍受的。

「怎麼會這樣呢？一定是酒量變差了，才會因爲酒精的作用而害羞。」妘蘭替自己不合常理的害羞找了個藉口。

敏感的衛明當然不會錯過妘蘭因他而起的害羞模樣，「這麼容易就被我打開心防了，眞是太沒有挑戰性了。」雖然衛明心裡這麼想，但卻也產生了某種對妘蘭的愛憐，於是他舉起酒杯說：「情人節快樂！」

跟一個剛認識的陌生人過情人節，雖然心防已經漸漸打開，但仍讓妘蘭覺得相當荒謬，於是愁苦地笑一笑：「情人節快樂！」

衛明即刻發現了她的無奈說：「既來之，則安之。妳來這裡的目的，不正是想要轉換心情嗎？就當作現在妳被切割到另外的一個時空，一個短暫的時間，一切都可以從這個時刻開始，將此時此地化爲妳可以掌握的場域，化爲妳可以發洩情緒與精力的地方。」

衛明繼續補充：「不管是說話、跳舞、聽音樂、交朋友……這樣，妳離開之前的時空才有意義，對於妳回到平常的生活，再繼續走下去，才具有療效，不是嗎？」妘蘭來這裡只是想要逃避那種煩悶，聽到衛明這樣說，才提醒了她來這裡的眞正目的。於是妘蘭展開笑臉，重新振奮起精神，舉杯說：「情人節快樂！」

衛明這時竟然毫無預警地，以非常大的聲量喊：「情人節快樂！」

誰知，從嘈雜的音樂聲中流竄出DJ台以及吧台另一端傳來眾人的回應：「情人節快樂！」

這樣的情景令妘蘭相當驚訝：「這些都是你的朋友嗎？」

衛明答：「他們都是我在這裡認識的朋友。常來這裡很容易有機會認識這些人，因爲他們也都常在這裡出沒。」他繼續說道：「如果一個人悶得慌，來這裡走動走動會讓心情比較愉快，因爲在這裡交的朋友，不會給你什麼負擔的，因爲他們都不會對你有任何期望。」

妘蘭不以爲然地說出她對男人一貫抱持著的偏見：「那是你們男生才這樣吧！通常男生跟女生當朋友，尤其在這種場合認識，都會有些其他的目的，我並不喜歡那樣的感覺！」

衛明對她自以爲是的態度感到好笑，譏諷地說：「是啊，誰叫妳長得這麼美麗！」然後指著DJ台附近一個長得相當標緻的女生說：「她在這裡也跟大家混得很熟了，跟大家就像哥兒們一樣，其實只要妳能開口跟大家聊開，那種相處的感覺應該會不錯，除非妳自己願意，否則不會有人勉強妳去做什麼事的。」

他又說：「妳不要以爲到Pub的男生都很壞，這裡大部分的男生其實都是很害羞的，也不敢太造次，因爲這裡畢竟是他們想要長久混下去的地方。」

妘蘭聽出他的嘲諷，且相當不滿意衛明把她當作迂腐的女性樣本，而把DJ台附近的那個女生當作高竿的對比看待。於是她好強地說：「知道了，只是我沒那種跟大家混熟的慾望，也沒有想要了解他們，或者被他們了解的慾望。」

衛明聽到她這麼刺耳的回應，發現自己似乎傷了妘蘭的自尊，但他沒有賠罪的意願，因爲他自認所說屬實，反而責怪起她：「妳這個人眞是冷漠。」

妘蘭當然不能顯露處自己的委屈，因爲那樣就等於承認自己被那個女生給比了下去，但又無法對衛明這種明目張膽的攻擊視而不見。

於是妘蘭又追加了火藥味：「謝謝你的稱讚。我跟那女生不一樣，我很納悶她爲什麼會喜歡跟那些我覺得不怎麼樣的男生混得那麼開心呢？」

她又進一步補充：「花費那麼多的時間、精力在這些男人身上，眞不知道有什麼値得。」

衛明聽了相當不高興，他知道是自己先出言不遜，但見妘蘭如此嚴苛的反擊，令衛明相當無法接受，於是逕自把DJ台附近的朋友召喚過來，以行動來破除妘蘭的一堆高傲的偏見。

妘蘭見狀有點緊張地說：「難不成你叫她們來圍毆我嗎？」

衛明嘲諷地笑笑說：「妳以爲我跟妳一樣心眼那麼小嗎？」

＊　＊　＊

大家似乎已經在一旁待命許久，一見到衛明的召喚，就像是早已準備好一般機動地移動。

妘蘭心想：「衛明果然常常在這裡混，這個男人……還是多提防點好。」

妘蘭與大夥兒一起換到附近的座位上坐著閒聊，聽著他們聊音樂、耍寶、變魔術、故弄玄虛……

剛開始妘蘭的心中不免有些警戒，不知道衛明找他們過來要做什麼，怕他將他們的對話在眾人面前重提。如果衛明眞的那樣做，那麼妘蘭簡直會無地自容地奪門而出，但隨著時間過去，衛明顯然並沒有那樣做的打算，妘蘭才眞的逐漸鬆了一口氣。

之後，她發現跟這些人相處起來並不是那麼困難，也不是那麼無聊的一件事，雖然她很少開口說話，但卻沒有被排擠的疏離感，也沒有那種對美女的不當諂媚，在這種狀況及酒精的作用下，她體會到一種難得的愉悅與輕鬆。

但也由於她習慣性的自大，在衛明沒有知會的狀況下，就逼迫她面對這麼多人，這樣的感覺著實令妘蘭覺得不受尊重，因此對衛明心懷不滿。

不知不覺時間已晚，妘蘭跟大家告別。衛明擔心她的安危：「需要我載妳回家嗎？」畢竟這是第一次見面，妘蘭有些防備：「不用了，我搭計程車就行了。」見妘蘭拎著包包要離開，衛明也立即站了起來：「那我幫妳叫車。」聽到衛明這麼說，妘蘭立即感受到他的體貼。

在妘蘭坐上計程車時，衛明立即用台語，搞笑地招著手說：「人客！有閒擱來坐。」妘蘭在計程車內忍不住地偷笑，心中也感受到一股暖流。

＊　＊　＊

回到住所後，妘蘭不斷地回想在Pub裡發生的一切，雖然對衛明的某些言行感到恨得牙癢癢的，但仍不免想起衛明在嬉鬧時所流露出來的體貼及智慧，這種好感縈繞在妘蘭的心裡揮之不去。

「或許是因爲在這種時候太需要人陪伴了吧！」妘蘭賦予這種想念一個短暫的實用性價值，撫平自己輕易出軌的道德質疑。

「喨——喨——喨——」妘蘭接起床頭櫃上的電話：「喂！」聽到那頭傳來緊張嚴肅的聲音：「妳跑到哪裡去了？」

「我家附近的那一家Pub。」妘蘭滿腹委屈地說……

聽到那頭沒有回應，妘蘭趕緊補充說：「放心啦，沒有看到讓我順眼的男人。」

電話那頭男人說：「妳自己一個人去嗎？」

妘蘭：「對呀……」

那頭靜默了一會兒，才說：「自己的安危要小心一點……我明天晚上就去找妳……一起吃個飯。」

「嗯。」感受到男人的關心，妘蘭認命地扮演好情婦的角色。

妘蘭從來就不是個認命的女人，從來不會屈服在令她不舒服的狀態下，從來就不能忍受自己有任何處於劣勢的感覺，直到遇到這個男人，她竟然破例地接受了情婦的身分，並且扮演好情婦的角色。

「就連情人節的夜晚也沒去打擾他，一切只因爲自己太過愛他。」妘蘭難過地想著。

＊　＊　＊

由於相差二十一歲，兩人的共同話題並不多，而且因爲太過在意彼此在對方眼中的印象，所以無形中兩人都避開談論細瑣的話題，但這並不代表他們無法彼此了解與溝通，而是因爲透過彼此簡短而抽象的語言及肢體、表情，一方就能有默契地感覺並給予另一方體貼關心的回應。

他們是三年前在妘蘭的畢業畫展義賣活動認識的，那屆的畢業展示主要由妘蘭策劃，她希望能夠邀請財力較雄厚的企業主贊助活動。一方面能讓排場較大，以爭取他們畢業的消息在報紙版面上的曝光；另一方面也眞的希望企業主的大手筆，能夠募集到較多的義賣經費，以捐贈給福利機構；再一方面，她希望能夠藉此幫助畢業生拓展更多、更好的人脈，才不致於像之前學長、學姊一樣，即使才華洋溢，一旦畢業後，還是得面臨現實的問題，在學時的意氣風發不再可見，目睹這一切，妘蘭甚覺可惜。

而妘蘭的男人，正是她所邀請的企業家之一。妘蘭一開始跟他接洽時，他就對妘蘭產生了好奇。一來是因爲從來沒有聽過美術系的學生邀請企業主協辦畢業展的狀況；二來他自這樣的策劃與交談中，隱約看出妘蘭對自己強烈的自信；三來，他相當欣賞她那種打破傳統的創造精神，以及那種理想與現實可以巧妙結合的點子。

有了之前種種的好印象當踏板，讓男人想要接近妘蘭的最關鍵時刻，就是在畢業展當天，男人巡視了展覽中畢業生的作品，不覺被筆觸細緻入微而又典雅的幾幅繪畫給吸引住，特地看了一下旁邊的掛牌，才驚訝地發現，原來這些充滿才氣的畫作，竟然都是妘蘭的作品，當場也佩服起她聰穎的頭腦及敏銳的感受。

妘蘭被他吸引的原因，一方面是因爲他的外型實在好得沒話說，修長的身段、濃眉、高鼻、深邃的眼睛、具毅力的嘴巴及一口白牙、淡淡的憂鬱、穩穩的氣度、談吐時的優雅及溫柔……他身上不論是外型或內在，都吸引著初見面的妘蘭。

當然，不免地，也可能是那些因爲她跟他的不倫關係而鬧翻的好友們所說的，戀父情節在作祟，疼愛她的父親在她小學的時候就過世了，也許她是想從男人身上彌補這種遺憾吧！但不論如何，她對他的愛是無庸置疑的。

＊ ＊ ＊

享用完美味的餐點後，男人手心托出精緻的珍珠耳環，深情看著妘蘭的雙眸說：「情人節快樂」。妘蘭看著男人手中的情人節禮物，回想著昨天的哀傷，將手覆蓋在耳環上，修長的手指握著男人厚實的手，不禁眼眶濕紅。

男人：「我覺得對妳很抱歉，但我也只能用禮物來彌補我的歉意，我……」

妘蘭握緊男人的手，打斷他的話：「不，是我的錯，我明明知道我們之間的關係，可是我還那麼任性，讓你擔心。」

男人以雙手緊緊握住妘蘭的手。

妘蘭不會追問男人在家中的狀況，男人也避免跟她提及家中的事，在兩人的關係中，他們希望儘量保持完全屬於他們的天地。

「你想不想再畫畫？自從搬來這裡以後，就沒看過妳動筆了。」男人實在不忍心妘蘭那樣等待。

「我一直持續在畫素描啊！你也看過的。」妘蘭像是安慰他地回答。

男人：「我是說最近都沒看到妳畫水彩，我看妳以前常常畫的。」

妘蘭納悶地說：「妳不是說顏料的味道會讓你頭暈嗎？」

男人笑笑，托著她的臉蛋說：「傻瓜，那是我隨便說的畫，妳還當眞。」

他又補充：「以前妳住的地方小，空氣又不流通，怕妳中毒啊！現在我們住的地方不一樣了，妳可以盡情地畫妳最愛的水彩了。」

妘蘭俏皮地指著男人，興奮地說：「眞的嗎？不能後悔喔！」

男人微笑著，認眞而深情地說：「眞的，我喜歡看妳的畫，也喜歡看妳畫畫的樣子。」

妘蘭想到又可以拿起畫筆盡情揮灑，整個人雀躍了起來。

男人也用手指對著妘蘭那指著他的手指說：「妳可不是我的小女人喔！」

由於意識到自己一心一意指爲了當好這男人的情婦，而拋卻了自己最重要的興趣，妘蘭咬著嘴唇，看著男人，不好意思地笑著。

男人指著妘蘭的鼻子，裝出一副命令的表情：「買繪畫材料就是妳明天白天的任務，知道嗎？」

「Yes, Sir。」妘蘭將五指併攏，回敬男人的命令。

* * *

第二天早上，妘蘭就迫不及待地到以前最常光顧的老店買畫材。

才一進門，老闆娘就熱情地打招呼：「妘蘭！好久沒看到妳了，妳現在在哪裡高就啊？」

妘蘭直接衝口而出：「我現在是無業遊民呢！」

老闆娘聽了哈哈大笑說：「妳還是那麼愛開玩笑，妳那麼有才華，一定是去了什麼了不起的大公司。唉喲！這麼小氣，不讓我們沾妳的光。」

聽到老闆娘依然開朗的玩笑話，妘蘭感受到以前熟悉的溫暖。

「對呀！我就是小氣鬼，妳現在才知道啊！不理妳了，小氣鬼要去買便宜的顏料了。」妘蘭耍賴地回答。

在老闆娘的笑聲中，妘蘭走到擺滿各式畫料的櫃台，興奮地撫觸著架上各式各樣的畫料。

正當她津津有味地沉浸在畫畫的基本配備時，抬起頭忽然看到一對眼睛正朝著她看。

「Joan?」從那對眼睛主人的嘴中吐露出她的英文名字。

「你是……衛明嗎？」妘蘭不敢相信，但又很確定地說。

「果然是妳，妳跟上次我們見面的時候感覺很不一樣。」衛明打量著身穿牛仔褲、T恤，腦門上綁著馬尾的妘蘭。妘蘭很意外這麼快就與這曾短暫縈繞在她心裡的男人相遇：「你不是無業遊民嗎？爲什麼會出現在這裡？這些顏料可不便宜呢！」

「這正是我要問妳的話。」衛明回答。

兩人都不服氣地睜大雙眼，玩笑式地擺出咄咄逼人的表情，於是兩人又不約而同地撲ㄘ爆笑了起來。

「妳喜歡喝咖啡嗎？」衛明問。

「你這句話太庸俗了，眞令人倒盡胃口。」妘蘭伸出食指，左右搖擺，並做出嚴苛的表情，以掩飾她的不安。

不理會妘蘭的搗蛋，衛明抓著她伸出的食指，往門口走去。「我帶妳去這附近一家好喝的咖啡廳，到那裡包準讓妳食指大動。」衛明說。雖然很想跟衛明一起去喝咖啡聊聊天，但面對衛明這種在她看來自以爲是的態度，妘蘭稍稍掙扎，但由於衛明緊抓著她的手指，且爲了避免場面太過尷尬，所以妘蘭又一邊隨著他的腳步往外走去。

妘蘭邊被拉著走，邊聽到老闆娘叫著：「衛明，妳好大的膽子，竟然敢在我的店裡搶客人！」

走往咖啡廳的路上，妘蘭邊跟上衛明的腳步，邊悄悄將食指抽離衛明的掌握。而衛明只是露出認眞而神秘的表情，像在趕路似地快速走著。不知道爲什麼，雖然妘蘭告訴自己要多加提防身邊這個男人，但隱隱地，她卻相當信任這個剛認識不久的男子。

卷二

在享受那種無條件被呵護時，她忽然拿衛明來對比隆恕的寬容。

如果是衛明的話，他肯定會很生氣地當真，而且還會畫一個界線，跟我說我不應該超越那個範圍，否則就太驕縱。

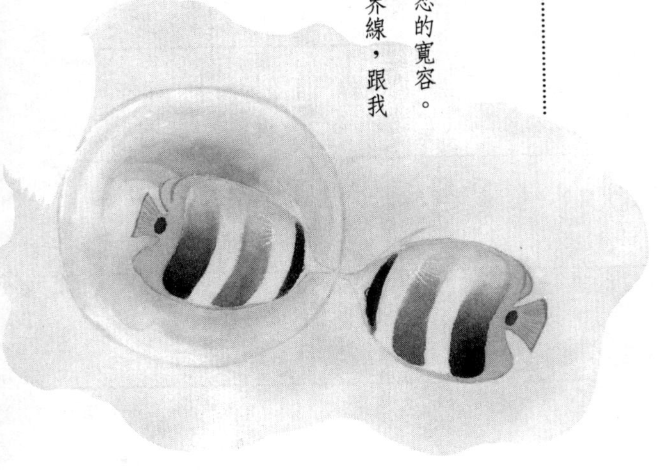

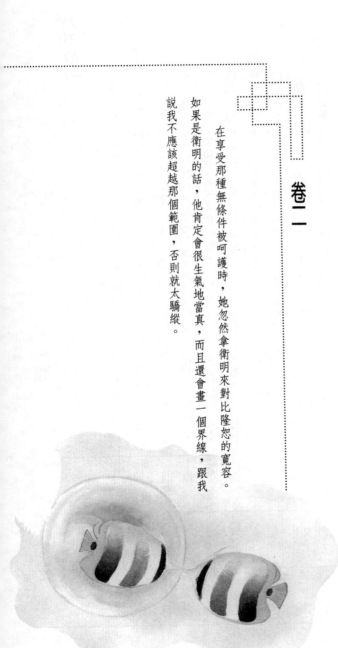

走進附近的巷弄裡，終於看到深藍色咖啡廳，頗有質感的招牌，上面刻著「穿過黑夜的透明玻璃」。妘蘭已經很久沒有走入這種具有人文風格，適合大學生、文化人去的小型咖啡廳。

咖啡廳刻意坐落於距離巷子路口稍有一段距離的位置，如果不是醒目且精緻的招牌，可能不容易走入如此底邊，去尋找閒事與浪漫。在建築物與巷弄間鋪有未固定的小碎石，作爲導引客人入店的小徑，小徑旁則種著各式各樣的盆栽，以及不知名的草類植物，還摻雜著妘蘭最愛的桂花香味。

隨著衛明似乎以一種熟悉的直覺走到大開著的窗邊坐下，還沒等妘蘭開口，老闆就過來拍拍衛明的肩膀招呼著：「衛明，好久沒來啦！」

衛明回答：「對呀！這一陣子有發生什麼大事嗎？」

老闆：「還不是老樣子，都快要生鏽了！」

老闆看著妘蘭問：「這位美麗的小姐是……」

衛明介紹著：「她叫Joan，新認識的朋友。」

老闆：「Joan，我是這裡的老闆，賈曼。」

妘蘭跟賈曼握手：「妳是賈曼的死忠影迷嗎？」

賈曼：「這個問題妳可得問我父母，這是我的本名，不過看店名應該也差不遠了。妳要點什麼？」

妘蘭：「我要喝卡布奇諾，謝謝。」

「Ok，No Problem！」賈曼轉身回吧台。

「看不出來，原來你還是個知識青年呢！」妘蘭打量著衛明調侃道。

「知識青年這個名詞太蒼白了，我可頂不住這孱弱的光環。」衛明秀了一下手臂上的一小塊肌肉。

妘蘭笑了笑，隨即環顧店內的擺設。

牆壁以粗面的賈曼照片及電影劇照作爲壁紙，桌面像是由清澈的玻璃所刻出的，在桌邊則留有薄且圓潤的光滑，以黑色細根鐵架支撐，椅子則是有著環繞靠背的黑色小沙發，地板則是粗糙刷面的水泥地。店內的冷調設計，與門口盆栽的溫馨完全不搭調，只有窗邊位置的視線，才得以清楚這種對立，但卻也得以調合二者。「妳知道我爲什麼要坐這個位置了吧？」衛明注視著妘蘭的眼神，知道她看到了與他相同的東西。

「爲什麼？」妘蘭裝傻地問。

「即使在最矛盾的狀況下，仍要試圖將它們看清楚，才得以達成想要的追求。」衛明故意若有所指地說。

妘蘭隱隱約約感受到衛明對她身分的猜測，但又心想：「或許是我多心，也許他是在談他的理想。」

她假裝不懂地說：「太嚴肅了，可不可以請你翻譯一下呢？」

衛明：「我是說，妳這麼白皙美麗的女生，如果配上我這麼黝黑醜陋的男生，那樣的矛盾要如何突破啊？」

看著其實長得蠻帥的衛明開玩笑的回應，讓妘蘭鬆了一口氣。

妘蘭這才發現，自己對衛明的確抱有好感，如果衛明在她男人之前出現，妘蘭相信自己有可能愛上衛明，但在享有她男人的貼心與疼愛後，不捨之情大過於找個全職情人的需求。但她也不願意放掉面前這個難得能夠帶給她愉悅的朋友。

這時賈曼將兩人的咖啡送上。

妘蘭看著面前的卡布奇諾，白色的奶泡上面有紅色的肉桂粉，與綠色的檸檬屑，芬芳而愉悅地跳躍上沉苦的黑咖啡，正如同妘蘭現在的感情般。

「幹啥一臉愁苦，我眞的醜到讓妳這麼爲難嗎？眞不夠意思。」衛明裝出不耐的表情，逗弄著妘蘭。

「就因爲你沒那麼醜，而我也沒那麼美麗，我們兩人並不是在矛盾對立的兩個端點，所以當然也就沒有那麼強烈調合的必要了。」妘蘭的慧詰再度深深吸引著衛明。

「所以……妳是說，我們兩個人就是處在調合狀態中嗎？」他故意挑她語病。

「對呀！我們的調合狀態就是目前這個樣子。」妘蘭再度展現了她的機靈。

他們所講的「調合狀態」字面上雖然是指同一種東西，但其實衛明講的是男女朋友關係，妘蘭講的卻是朋友關係，兩人看似雞同鴨講，但實際上卻都跟上了彼此的脈絡。

「好，妳又贏了，妳最厲害！」衛明舉起雙手做出投降狀。

「我要把時間的因素加進去，要經過很長時間的努力，才有所謂調合的狀態。」

衛明像是找到了另一種等待的保證。

「這次換我輸給你，敗給你了，可以嗎？」換妘蘭舉雙手投降。

妘蘭喜歡與衛明這種進可攻、退可守的聰明開朗過招。

妘蘭又認眞地啜了一口咖啡：「這咖啡眞的很好喝，聞起來很香，喝起來不苦不澀，吞下去後口中還有咖啡的香味。」

衛明：「這裡的豆子都是從非洲直接進口的，因爲很新鮮，所以才會有那麼好的口感。」

「我還不知道妳的名字呢！」衛明低頭喝咖啡，邊若有所思地說。

妘蘭：「我叫Joan啊！」

知道妘蘭不願意說出眞實姓名，「那我以後在街上看到妳，就叫『Joan啊！Joan啊！』嘍？」衛明將雙手圈住嘴巴，模擬在街上遇到的狀態大叫。

妘蘭：「你敢叫，我就敢回應。」

妘蘭轉開話題：「你有在畫畫嗎？」

衛明：「嗯。」

妘蘭：「水彩？」

衛明：「對。」

難得遇上繪畫的同好，妘蘭不理會衛明異常冷漠的態度，好奇地追問：「什麼樣的畫？」

這時衛明恢復了之前的開朗說：「妳到我家看看就知道了。」

妘蘭拿他沒輒，雖然好奇這樣的男子會畫出什麼樣的東西，但爲了避開接受衛明明顯追求的嫌疑，於是說：「有機會再說吧！」

「給妳我的電話，改天妳有機會就可以來欣賞我的大作。」衛明隨手抽了一張紙巾，用隨身攜帶的彩色鉛筆，率性卻又工整地寫下他的手機號碼，交給妘蘭。

這時，賈曼拉了一把旁邊的椅子坐過來：「你們是在哪裡認識的？」

妘蘭與衛明不約而同地說：「Pub。」

賈曼似乎不可置信地說：「想不到衛明現在竟然會在Pub遇上如此談得來的朋友……」

他繼續說：「這有兩種可能，一種是衛明欣賞女孩子的角度變了，另一種是Joan的條件實在令衛明無法抗拒，我想……一定是後者。」賈曼仔細地打量著妘蘭。

衛明怕妘蘭尷尬，連忙解釋道：「賈曼就像我的兄長一樣，跟我開玩笑有時口無遮攔，我們習慣了這樣的玩笑方式，希望妳不要介意。」

妘蘭面對賈曼玩笑式的稱讚，的確有些尷尬，但還是輕鬆地回應：「哪有介意人家稱讚的道理。」

賈曼直接地說：「妳可千萬不要以爲在Pub認識衛明，就認定他是個輕挑的人。」

他又補充：「妳也聽到的，我就像他的兄長一樣，他不會輕易帶女孩子來這裡介紹給我認識，所以妳對他來說，應該很特別。」

衛明連忙打圓場：「你這個樣子，女孩子都被你嚇跑了，我以後哪裡敢再帶女孩子來這裡喝咖啡！」

賈曼認眞地說：「誰叫你讓人擔心呢？」

妘蘭：「什麼事啊？衛明發生過什麼事情讓你這麼替他操心？」

衛明趕緊插話：「好啦！過去的事情就過去了，我現在不是好好的嗎？」

賈曼：「就饒了你這一次。」

他又轉頭，裝出對妘蘭講悄悄話的樣子：「如果妳想知道的話，改天自己來這裡問我。」

妘蘭笑了笑，不願意將她對衛明的好奇太過明顯表現出來。

喝完咖啡後，兩人一同回到畫材行挑選材料。

* * *

男人一進門就看見妘蘭圍著沾有各種色彩的繪畫專用圍裙在作畫。

「這麼快就拾起畫筆啊？」男人說。

妘蘭驚喜男人的到來，和著投入繪畫的喜悅，洋溢著天眞快樂的神情迎接男人：「隆恕，你回來了啊！」

妘蘭滿身的色彩及畫筆，往門口飛奔，直到看到隆恕故作的驚恐表情，才嘎然停了下來，接著放下手上的畫筆，並脫除圍裙後，才又向隆恕撲去。

看著妘蘭如此雀躍，隆恕說：「今天是不是沒有想我啊？」

妘蘭拉著隆恕的手朝畫布走去，指著畫布中的人像：「你說呢？」

隆恕仔細打量妘蘭所畫的他：「好像有點憂鬱。」

「不要懷疑，就是你。」妘蘭俏皮地惦起腳尖，從側面環抱住隆恕的雙肩。

「我從來沒看你眞正快樂過，連你的笑容也總是那麼憂鬱。」妘蘭輕聲地說。

隆恕用手指輕碰妘蘭的鼻尖：「看到妳就是我最快樂的時刻呀！連妳都覺得我憂鬱了，那麼別人不就都認爲我是憂鬱症患者了？」

妘蘭將雙手搭在隆恕的右肩，像是提到自己隱藏在心中已久的話，更壓低了聲音說：「你跟我在一起相處的時候，不需要那麼顧慮到我的處境，不要一直對我有所歉疚，只要你好好地對我，我們一起歡笑、一起悲傷……對我來說，就夠了。」

隆恕感動地環抱著妘蘭的腰間，兩人緊緊相擁。

隆恕聞著妘蘭身上的水彩味，他玩味她皎白的脖子，用舌頭及牙齒舔咬著她的耳朵，手掌有力地搓揉著她的胸部以及臀部，然後褪去她身上輕便的衣服，赤裸裸地坦露出她優美的酥胸。

隆恕見狀，迫不及待地將整個臉埋入她柔軟又立體的雙峰間，用鼻子吸聞她乳頭的芳香，極盡地用舌頭吸吮著、囓咬著她的胸部。

被隆恕熟練的挑逗，妘蘭不覺溫柔地呻吟「啊——。」

這讓隆恕更加興奮，將硬挺的部分抵住妘蘭早已經溼透的柔軟處，讓妘蘭的身體更是不自覺地向隆恕挺進。

妘蘭豐挺的酥胸，催促著隆恕將她身上的便衣完全褪去，露出她完美而又豐滿的曲線，隆恕的手順著她頸部的線條向下滑移，又讓雙手落在她的雙峰貪婪地來回搓揉，她的臀部隨著雙峰的快感相應地挪移著。

他興奮地欣賞著她克制不住的呻吟與嬌嗔。

＊　＊　＊

隆恕到國外出差，連續幾天，妘蘭都一個人在家畫畫，終於完成隆恕的畫像，看看畫中沉穩、憂鬱、聰穎、性感的隆恕，妘蘭感到滿意。

不知不覺，竟對畫中的人像看了幾個小時後，妘蘭從完成作品的快感，轉而變成無所是事的沉悶，想要去紓解一下。

但她實在無法從腦海中搜尋到任何一個好友的名單，以前的好朋友要不是出國深造，失去了聯絡，要不就是因爲妘蘭跟隆恕的關係，而搞到友情破裂，之後，妘蘭就不敢再跟其他人談到她與隆恕的關係了。幸好隆恕誠心對她，否則妘蘭不知道自己會有多麼無助。

這時，從一開始就在妘蘭腦中蠢動的衛明的名字，突然強烈浮現。

妘蘭找了找抽屜中衛明給她的電話號碼，心想「好吧！就找這個朋友吧！」

妘蘭在找衛明時，需要先幫自己訂明他倆的關係。

妘蘭：「喂！請問衛明在嗎？」

衛明：「Joan嗎？」

衛明一下就認出妘蘭的聲音，妘蘭有點驚訝，心想，衛明一直都在期盼她的電話嗎？

妘蘭說：「你現在有沒有空？」

衛明心想：「我就知道妳一定會打電話給我。」

衛明說：「只要妳有需要，我隨時有空。」

衛明又問：「你想去哪裡？」

妘蘭怕衛明誤會，以爲自己喜歡他，所以解釋：「都可以，不要待在家裡就好了，我是因爲在家裡待得很悶才找你的。」

衛明覺得這個人太不誠實了，但女人嘛，畢竟在約男生的時候，要有一番矜持才對，只是他覺得她矜持的姿態太高了，但他也樂於順著她的話回答：「原來不是因爲想我啊？」

衛明又說：「我騎車去載妳，你住哪裡？」

妘蘭連忙說：「不用啦！我們約在敦南誠品見面好了」。

衛明沒將心裡的話說出來：「不給我眞實姓名、電話、住址，難不成怕我騷擾妳嗎？我才不是那種無聊男子呢！」

不過衛明只說：「OK！我二十分鐘後到。」

妘蘭鬆了一口氣：「嗯，二十分鐘後見。」

＊　＊　＊

衛明騎著復古野狼一五〇機車，在妘蘭面前停了下來。

妘蘭看著他的摩托車，心中不免又嫌他寒酸，她已經很久沒讓摩托車載了，而且她一身的名牌，加起來也比這搭載她的交通工具値錢多了。她一想到爲了要坐上這台摩托車，而必須蹂躪她心愛的衣服，以及磨損她費盡心力保養的肌膚，就覺得心頭一疼。

這時她才發現自己原來如此嬌貴，就算知道說出她的建議會令衛明相當難堪，但她儘量克制住自己的嫌惡說：「我的車就在這附近……我……開車來載你好了。」

衛明早就注意到妘蘭的猶疑，不理會妘蘭的建議，他粗魯地丟上一頂無罩安全帽給她。

妘蘭因為自己的感受被粗略地忽略掉而不悅地強烈重提：「我去開我的車來載你。」

衛明面無表情地命令著：「快點上車。」

妘蘭雖然不滿意衛明的態度，但見他如此堅持自己的方式，她只好嘟了一下嘴，順從地坐上野狼一五〇的後座。

妘蘭心理暗自祈禱：「希望不要遇到什麼認識的人才好。」

衛明有點受不了妘蘭的大小姐脾氣，覺得奇怪自己到底喜歡她什麼，是那種挑戰性嗎？還是她的外貌？他自己也說不上來是為什麼。

妘蘭見衛明不講話，雖然心中有些埋怨，但仍問：「要去哪裡？」

衛明雖然不太滿意一見面時妘蘭的表現，但仍維持著見面之前他的想法，並有把握地說：「帶妳去一個好地方。」

妘蘭不禁在心中嘀咕：「你眞是個自我的人，要去哪裡也不講一聲，你自己覺得好的地方，我未必覺得好啊！」

繼續又想：「就像台摩托車，你一定覺得它棒透了，是你擁有過最棒的車，可是在我看來，就算送我我都不要呢！」

妘蘭最忌諱的就是過於自我中心的男人，很不巧地，衛明就常常漫不經心地跨越進她的禁區內。

即使心裡抱怨連連，但妘蘭還是嘟著嘴不發一語，以代表她沉默的抗議。

衛明當然相當明瞭妘蘭的心態，心想：「怎麼跟小孩子一樣喜歡賭氣，眞是好笑。」繼續又想：「如果眞的跟她成爲男女朋友，那我不就整天都要看她生氣了！」

衛明逕自騎著車往北出發，途中經過許多小巷子，對路痴的妘蘭來說有點新鮮，雖然如此，她仍沉默不語，她要衛明先開口認輸。

衛明不想跟妘蘭玩那種小孩子的遊戲，又怕妘蘭懷疑他要帶她去什麼偏僻危險的地方，就先解釋：「我喜歡騎小巷子，常會有意想不到的感受。」

既然衛明已經開口說話了，妘蘭也不再堅持些什麼，只是她也靜靜地感受著衛明帶她走過的路，這完全不同於與隆恕開車時走的大道，衛明不時偷瞄後照鏡中的妘蘭，陶醉在她的笑臉之中。

到了陽明山，「該不會是要帶我去洗溫泉吧？」妘蘭自作聰明地嘲諷著。

衛明覺得妘蘭眞是太低估他了：「先別下定論，跟著我就對了。」

妘蘭也不知道爲什麼面對衛明時，她總是那麼的心直口快，而且尖酸刻薄：「奇怪的文法，難不成要我跳車嗎？」

衛明也毫不留情地回應：「如果妳想這麼做的話，沒有人會阻撓妳的。」

妘蘭自責怎麼會把應該暗藏在心裡的嘀咕拿出來講，造成自己這麼許多不利的局勢，但心裡又不免抱怨衛明不懂憐香惜玉。

經過許多樹木高聳像是森林的地方，以及似乎零星種有農作物的綠地，整個景觀忽然變得寬敞，狹窄水泥路的兩側佈滿未經規劃的花花草草，高山上清新涼爽的空氣撲鼻而來，像是回到了與一群好友出遊的單純快樂。路邊豎立了幾座簡單的房舍，外面掛有寫著「地瓜湯」、「竹筍湯」的簡陋招牌。

衛明將車停在其中一間由竹子搭蓋的店旁，「這一家味道最棒。」

妘蘭看著破敗的店面，面有難色地隨著衛明入座，衛明點了一碗地瓜湯，一碗竹筍湯。

有點潔癖的妘蘭不太敢隨便嘗試路邊的食物：「我不吃，剛出門的時候才吃飯的，現在還不會餓。」

衛明看著妘蘭不經意流露出的畏懼，不悅且粗魯地說：「妳有什麼毛病啊？到這種地方不嚐嚐這人間美味，實在枉費來這裡跑一趟。」

衛明的責難又惹惱妘蘭：「你怎麼這麼自以爲是啊？我說不想吃就不想吃啊！你喜歡吃的話，我也不會阻擋你享受這人間美味啊！」

妘蘭說得一點都沒錯，那也是他面對事情的一貫哲學，於是將身段放低：「帶妳來這裡，只是想要跟妳一起分享好東西，可是老遠地來了，妳卻不肯品嚐一下我辛辛苦苦想要跟妳分享的美食……我只是有點失望罷了。」

見衛明如此低聲下氣，吃軟不吃硬的妘蘭終於拿起筷子，挑了最小的竹筍塊往嘴裡放。

妘蘭嚼了兩下竹筍後，深深地被那種味道以及口感吸引住，於是又吃了第二塊，並舀湯來喝。

她一邊喝著竹筍湯，一邊不住地稱讚道：「這竹筍好甜，而且湯頭好清喔！」

見她這麼捧場，衛明也不忍虧她前後差別太大，並解釋道：「這裡的湯都是用山泉水煮的，我們來交換。」衛明順手將兩人的碗交換。

妘蘭因貪婪著品嚐美味，並未加以阻止：「眞好喝，好感動喔！」

衛明偷偷欣賞著妘蘭滿足的表情。

「OK，果腹之後，我們該去辦正事了。」衛明邊發動摩托車邊說。

「這還不是你說的好地方啊？」妘蘭有點驚訝。

衛明得意地說：「當然，還有更棒的，跟著我就對了。」

又經過許多美妙的地方，衛明又將車停在一個同樣是竹子搭建的花圃外，走進花圃內，雖然範圍不大，但妘蘭卻覺得像是一個充滿美妙植物的世外桃源。她蹲下來用心觀看她腳邊的每株植物。

「衛明！好久不見啊，消失到哪裡了？」老闆從裡面走出來跟衛明打招呼。

衛明：「沒有啦，都在市區閒晃。」

兩人寒喧一番後，衛明走到妘蘭身旁，指著她正在看的植物：「這是薄荷，妳可以拔一片葉子聞聞看。」

妘蘭按照衛明的指示，聞了聞薄荷葉，驚喜地說：「眞的是薄荷清新的味道せ！」妘蘭貪婪地聞著。

「可以跟茶一起泡，或者單獨泡來喝，而且薄荷很好種，只要把葉子埋在土裡就會活了。」衛明說。

看著妘蘭很想嘗試種植薄荷的樣子，衛明補了一句：「當然也要記得澆水。」

妘蘭對衛明做了個鬼臉後，跟老闆示意買了三小盆。

走出花圃，衛明以開玩笑式的口吻責罵：「目的地還沒到，妳就準備滿載而歸啦！」

妘蘭瞪大了眼睛，驚訝地說：「這裡也不是你要帶我去的地方嗎？」

衛明騎著車，故作神祕地說：「跟著我就對了！」

終於，衛明將車子騎離水泥地，進到更狹小的土石路，眼前忽然出現一片白色。

「那是什麼？」妘蘭疑惑著，指著前面的一片白。

衛明：「這裡就是我們的目的地，野薑花田。」

飄來的陣陣清香，吸引著妘蘭。衛明牽起妘蘭的手，帶領她往進入野薑花田的通道走去。

衛明：「別待在那裡，快點摘吧，否則會被花農逮到。」

「我們要偷拔花嗎？」妘蘭不可思議地問。但花的香味催促著對妘蘭來說，相當刺激的行動。

兩人手中各摘一束野薑花後。

衛明：「任務結束！餓了嗎？」

由於精神放鬆，又有美味的湯做引頭，妘蘭感到飢腸轆轆：「嗯！你有什麼主意嗎？」

衛明又說：「跟著我就對了。」

「又叫我像白痴一樣任你擺佈。」妘蘭撒嬌地說。

原本妘蘭對這句話並不抱太大的期待，但現在，她相信衛明能給她滿意的結果。

於是兩人又來到一家豎立在空曠草原上的店面，由鐵皮及木頭搭建，兩人坐在長長的木椅上，一道道蔬菜及肉類端上粗糙而厚實的木桌。

妘蘭仔細品嚐未曾吃過的味道：「好吃極了！這些是什麼菜啊？」

「都是山菜，這是蕨類的嫩芽、這是山蘇、這是……」衛明一道道解釋給妘蘭聽。

「你在山裡長大的嗎？怎麼對山菜這麼了解？」妘蘭對這個人的背景產生了好奇。

「現在已經很晚，該載妳回去了，欲知詳情，下回分曉。」衛明故作神祕地說。

一路上伴隨著充滿生氣的晚霞回到台北，妘蘭示意衛明在誠品放她下車。

離開之前，妘蘭跟衛明道別：「今天眞的很特別，我會再找你分曉詳情的。」

妘蘭一回家就迫不及待地將薄荷擺在窗邊，而將野薑花插在隆恕送她的寬口水晶花瓶內，擺放在一進門客廳最明顯的紅木桌上。

隔天晚上十點半，隆恕直接從機場趕來與妘蘭會面，一進門就被濃郁的香味吸引。

隆恕看著桌上的花：「哪裡來的野薑花啊？」

妘蘭露出神氣的表情：「偷摘的。」

隆恕有點驚訝地問：「妳跑去哪裡野了？」

妘蘭：「陽明山。」

隆恕：「跟誰去的啊？」

妘蘭：「跟一位新認識的朋友。」

隆恕疑惑地問：「新朋友？哪裡認識的啊？」

妘蘭將衛明視爲朋友，故毫不隱會地回答：「情人節那天在Pub認識的。」

隆恕有點擔心：「這個人可靠嗎？」

妘蘭坦承地說：「他跟一般Pub裡的男生不太一樣，沒那麼花俏輕浮。」

隆恕有點吃醋：「所以妳就繼續跟他聯絡？還跟他單獨出去？」

妘蘭趕快澄清：「不是你想的那樣的，那天我去買畫材的時候，剛好遇見他，我們聊得蠻起勁的，而且他本身也畫畫啊！」

她將畫好的圖畫拿給隆恕看：「你看！有沒有把你的韻味畫出來？」

隆恕仔細欣賞，讚嘆地說：「眞的有我的精神，畫得很棒。」

妘蘭：「前天早上完成的，後來沒事做覺得很悶，所以就找那個朋友出去玩，他就帶我去摘野薑花。」

妘蘭拿著手中的作品，到處比畫：「你覺得掛在哪裡好呢？床頭如何？」

隆恕看著仍帶有嬌野氣息的妘蘭點點頭。

看見妘蘭一臉坦白，隆恕本想將醋意呑忍下去，卻仍忍不住叮嚀：「以後要跟別人出去之前，可不可以先知會我一聲？我會擔心的。」隆恕環著妘蘭的頸子，溫柔地在她耳際輕語。

「如果剛好你去出差，或者在家裡，我要怎麼跟你聯絡啊？」妘蘭委屈地說。

看著隆恕爲難的樣子，妘蘭不忍地說：「除非是你離開太久，我當然不可能整個禮拜都悶在這裡，否則我是不會跟別人出去的，可是你還是要常常打電話給我喔！」

妘蘭爲了讓隆恕放心，於是說：「要不然我把那個朋友的電話給你。」

隆恕不想太拘束妘蘭的交友自由：「妳只要記得隨身攜帶電源充足的手機就好了。」

迷糊的妘蘭伸伸舌頭，隨即撲跳進隆恕的懷裡。

妘蘭喜歡在隆恕懷中的感覺，在這裡，她天眞的放縱及任性，似乎都可以被包容，並且被融合爲他所欣賞的她的特質之一，那是種短暫釋放她內在不假修飾的衝動的一種特質。

在享受那種無條件被呵護時，她忽然拿衛明來對比隆恕的寬容。如果是衛明的話，他肯定會很生氣地當眞，而且還會畫一個界線，跟我說我不應該超越那個範圍，否則就太驕縱。

想到這裡，她幸福地摟緊隆恕，享受著他的疼愛，心想：「以後還是少跟衛明見面好了，就算現在只是有好感，久了以後搞不好會變質成爲愛情，到時候如果要跟他談戀愛，我遇上他那種死硬脾氣，簡直就是吃不完兜著走呢。」

妘蘭又抬起頭偷瞄正在認眞看報紙的隆恕，心想：「而且，這麼優秀、有錢、風度翩翩、又疼愛我的男人，打著燈籠，這輩子也不一定再有機會找得到了。」

卷二

衛明神色沉重地回想著當時的狀況說：「我母親是個非常美麗的女人，與我父親感情非常好，在六年前出車禍下肢癱瘓後，整個人變得脾氣暴躁，尤其是對我父親。她一直懷疑父親有外遇，這些我都還能諒解。」他繼續說：「直到我大二的時候，我母親像是找到了我父親外遇的明確證據，發了瘋一樣不斷羞辱我父親……

一連幾天，妘蘭都在家中作畫。這天，她忽然想要出去活動一下，心想：「去誠品逛逛吧。」

正當她在誠品的設計類及藝術類書區專注地翻閱時，忽然一個人站到她的身邊：「Joan。」

「衛明？這麼巧，又遇見你了。你怎麼會在這裡？」妘蘭驚訝地看著衛明。

「等了好久等不到妳打電話約我，所以就來這裡碰碰運氣。」衛明回答。

「要不要喝咖啡？」衛明問完還沒等妘蘭回應，就拉著她的手腕，往咖啡廳走。

「妳常來嗎？」坐定位後妘蘭問。

「最近常來碰運氣。妳最近好嗎？」衛明關心地問。

「嗯，最近忙著畫畫。」妘蘭心虛地說。

其實她好幾次都想找衛明聊天，但是又想到跟隆恕的約定，於是作罷。

聽到妘蘭的回答，衛明解除了對妘蘭的擔心，又露出委屈的樣子說：「妳對人眞冷漠，又不留電話，又不給眞實姓名，又不跟我聯絡……眞沒當我是好朋友。」他埋怨著妘蘭的冷漠。

「對不起，我其實也想找你，只是……想完成作品後再找你。」妘蘭編了一個理由。

「那……妳要讓我看妳的畫。」衛明想藉機更了解妘蘭。

「嗯……等我這幅畫畫完再讓你看。不如我先去看你的畫。」妘蘭採拖延戰術。

「那眞是我的榮幸，我帶妳去我住的地方。妳……可不能對我亂來喔！」衛明高興妘蘭對他的作品有興趣，並且體貼地解除妘藍心中的憂慮。

妘蘭作出發誓的動作說：「我用我的人格保證。」兩個人的角色不知不覺顛倒了過來，兩人撲ㄘ地笑了出來。

衛明載著妘蘭騎進公館的小巷子內，原本繁榮的景象，被一座座日式舊平房所取代，衛明將車停在其中一間的庭院裡。

「我從來不知道這裡還有這種地方。」妘蘭驚訝地說。

進到屋內，妘蘭被橘黃及翠綠兩色單獨構成的牆面所吸引：「這是你漆的嗎？」

「嗯。妳坐一下，我去泡咖啡。」衛明走往廚房。

坐進藍色舒適的絨毛小沙發，妘蘭看著正從廚房走出來的衛明說：「想不到你還蠻重視生活品味的嘛！」

「我朋友出國，房子託我管，這裡的家具幾乎都是他的。」衛明解釋。

妘蘭就覺得他應該沒這麼富裕：「原來如此」。

邊喝著咖啡，妘蘭好奇地追問：「上次還沒說，爲什麼你對陽明山這麼熟？」

衛明覺得她那好奇的表情很有趣：「妳還當眞在看連續劇，還眞的『下回分曉』呢！」

妘蘭又擺出她一貫傲慢：「能讓我好奇的事情可不多，你應該覺得榮幸才對。」

衛明見狀故意虧她：「上次去陽明山好像不是那樣，妳好像對什麼事情都感到驚訝，相信年輕的妳應該還記得。」

妘蘭很想多了解他，不想再跟他拌嘴，嘟了嘟嘴，轉而問道：「好啦！你住過陽明山嗎？」

衛明知道回答問題的時候到了，便嚴肅起來：「在陽明山住了整整三年，從大二住到大四。」

妘蘭狐疑地問：「你之前不是說你讀台大嗎？怎麼會住到陽明山？」

衛明面無表情地說：「跟家裡鬧翻了。」

妘蘭：「為什麼鬧翻？」

衛明神色沉重地回想著當時的狀況說：「我母親是個非常美麗的女人，與我父親感情非常好，在六年前出車禍下肢癱瘓後，整個人變得脾氣暴躁，尤其是對我父親。她一直懷疑父親有外遇，這些我都還能諒解。」

他繼續說：「直到我大二的時候，我母親像是找到了我父親外遇的明確證據，發了瘋一樣不斷羞辱我父親，我不忍心看到莊嚴、風度翩翩的父親被如此對待，我想父親也很不願意我看到這樣的他。」

衛明喝了一口咖啡：「所以我留了張字條給母親，就離開家了，為了不讓他們找到，也為了遠離那個家，我就搬到陽明山，也很少去上課。」

妘蘭追問：「字條上寫什麼？」

衛明：「大意是等到母親改變才會回來。」

妘蘭：「難道沒有其他解決的方法？」

衛明：「父親對母親可說是仁至義盡了，比我所看到的任何丈夫對妻子都還要好。我則嘗試著陪她、關心她，可是她還是不斷地苛責父親，父親簡直是忍人所不能忍，我實在很不忍心……」

妘蘭：「你父親眞的有外遇嗎？」

衛明：「我想應該沒有吧。可是父親對母親的態度已經好得無話可說了，在這樣的狀況下，就算他有外遇，我也不會怪他。」

他又繼續說：「而且我還眞希望他能找個能好好對待他的女人作伴。」

妘蘭：「你有跟你父親連絡嗎？」

衛明：「很少，偶爾會跟他碰面。」

妘蘭看著這個常從嘻鬧的狀態中，陷入自己憂鬱中的男子，心想：「原來他有段這麼哀傷的遭遇。」

從側面看衛明，妘蘭發現他的輪廓，以及深深的哀愁，竟與隆恕那麼的神似，不覺加深對衛明的愛憐。

「妳呢？家人都好嗎？」衛明將話題轉到妘蘭身上，想更進一步了解她。

妘蘭這才從對他的憐愛中驚醒：「我小學的時候，父親就去世了，國中時母親改嫁，我大三時她跟我繼父移民到國外去了。」

衛明：「有沒有兄弟姊妹？」

妘蘭：「後來媽媽生了一個弟弟，因爲那時候我都住校，所以跟弟弟很生疏，也沒法跟繼父接近，所以雖然都住在台北，但很少回家。」

衛明：「妳爲什麼沒有一起過去呢？」

妘蘭心虛地說：「那時候想先把學業完成再去……」

妘蘭有點不知該如何交待時，衛明果然緊接著問：「現在爲什麼還在台灣？」

妘蘭：「……因爲……我比較喜歡待在台灣啊！而且……跟他們不親……」

回答完後，她驚覺自己一直瞞著衛明她有男友的事，心想：「難道我眞的愛上他了嗎？」妘藍心中一直隱隱約約有這種感覺。

想到這裡，妘蘭覺得有些羞愧，立即說：「我家的狀況很普通，沒什麼好講的。我們去看你的畫吧！」

正當妘蘭準備起身時，衛明突然拉住她的手腕，深邃地看著她說：「那妳至少要讓我知道妳的眞實姓名。」

「對呀！連自己叫什麼名字都不跟人家說，那眞是太沒誠意了」妘蘭心想。

於是故意開玩笑：「你還不知道我的名字嗎？那眞是太沒誠意了。」

衛明覺得有趣，笑笑說：「對呀！就是有人這麼小氣。」

妘蘭俏皮地伸出右手，像是對陌生人地作一次自我介紹：「我叫妘蘭，女字旁的妘，蘭花的蘭，很高興認識你。」

衛明也伸出右手，一邊直接將妘蘭拉進她畫畫的房間，邊問：「電話呢？」

妘蘭見衛明兩手空空，強調只說一遍後，倉促且敷衍地背出自己的手機號碼。

一進衛明畫室的門，就看見大房間內擺著一疊疊完成的水彩畫。

妘蘭仔細地欣賞他掛出來的畫作，每一幅都滿滿地充塞著強烈的色彩，以及粗獷的筆觸，並問道：「這些都是哪時候畫的？」

衛明：「搬離開家以後。」

妘蘭：「你的內心……眞不平靜……因爲家庭嗎？離開了……不會讓你比較好過嗎？」

衛明一臉嚴肅：「傻瓜，人活在世上，不是只有家庭才能影響你的情緒，不是嗎？」

他繼續補充：「每一刻發生在妳所能見及、所能感受的人事物，都會沿著妳的毛細孔，鑽到心臟、腦髓中，然後變成妳的一部分，不是嗎？」

妘蘭心想的確是如此，不過她更從衛明的語言中，體驗到他深刻的感受力，於是說：「你好敏感，的確適合當個藝術家」。

之前衛明在妘蘭看來是個機智、聰明、幽默，時而憂鬱，但還算開朗的年輕人，但這一天，妘蘭更發現了衛明深沉的一面。而他的形象，竟然慢慢與隆恕重疊，只是衛明沒有隆恕的穩重，而隆恕沒有衛明那種強烈鮮明的個性，但兩人的氣質卻是那麼神似。

衛明看見妘蘭對他的擔憂與同情，笑了一笑，伸出手摸摸妘蘭的頭髮：「不用擔心啦，我沒事的。」

衛明情不自禁地將手輕輕地順著妘蘭的髮稍溜去，來到她敏感的耳際。

妘蘭內心一驚，反射性地稍稍閃躲。

衛明看見他竟然如此害羞而覺得有趣：「那麼敏感啊？這麼容易就讓人家知道妳的敏感帶了？」

對於衛明如此大膽而挑逗的言語，令妘蘭害羞地有點不知所措，這使她不覺埋怨起衛明的粗魯：「我跟你只是朋友關係，你怎麼可以對我毛手毛腳呢？」

衛明替自己的無辜辯解：「明明是妳太敏感了，我只不過是想要安慰妳一下，讓妳不要替我擔心的，誰知道，竟然落得『好心被雷擊』的下場。」

雖然妘蘭並不是眞的那麼排斥衛明的接近，但是在像這樣太過突兀的狀況下發生，妘蘭只覺得並不妥當。而且也因此對衛明君子、紳士的印象完全改觀。

妘蘭責怪起衛明：「原來你跟時下的毛頭小子沒什麼不同，喜歡趁機吃人家豆腐。」

衛明這時候感覺自己像是啞巴吃黃蓮，心想：「原來眼前這丫頭如此霸氣，完全不理會我之前悽慘身世的告白，卻只是緊咬著我吃她豆腐來大作文章，把我的水準降到跟那些毛頭小子一樣，這小妮子顯然並不像我之前所想像的那樣溫柔體貼，這一點，我以後可要好好多加觀察了。」

衛明兩手一攤，無可奈何地說：「眞實的狀況是怎麼樣，我已經說過了，妳要怎麼想，那是妳的事情。」

妘蘭頓時覺得衛明相當無賴，懷疑自己怎麼會被這樣的人吸引，實在受不了他自以爲是的態度，於是生氣地說：「我要回去了。」

衛明表現出不太積極的樣子，問道：「需要我送妳嗎？」

妘蘭氣炸了：「不必了，謝謝。」隨即奪門而出。

＊　　＊　　＊

「嘵——嘵——嘵——」電話忽然響起，讓正專注在畫畫的妘蘭嚇了一大跳。

妘蘭拿起電話：「喂！」。

那頭傳出：「喂，妘蘭，是我，美津。」

妘蘭相當驚訝：「美津？好久不見！」

美津：「妳現在有沒有空？我……想跟妳見個面，可不可以碰面聊聊？」

妘蘭興奮地說：「當然可以呀！我們好久沒見面了，要約在哪裡？」

美津：「還記得我們以前常去的那家咖啡廳嗎？」

妘蘭：「當然記得」。

美津：「明天兩點在那裡見面可以嗎？」

妘蘭：「沒問題！」

美津是妘蘭大學時代最要好的同學，兩人在系上的表現都相當突出，也因爲氣味相投，兩人當時簡直是形影不離。

但畢業後，美津父親由於外遇而虐待母親，搞得原本美滿的家庭完全走樣，所以無法諒解妘蘭與隆恕的關係，多年的友情突然破裂，妘蘭也一直無法取得美津的消息。

美津的這通電話，著實讓妘蘭興奮不已，但油然而生的是生疏的不安……

妘蘭在約定的時間抵達「Rain Dog」咖啡廳，推開厚重的透明玻璃門，由於剛從陽光下進入咖啡廳通常刻意營造氣氛的幽暗，映入眼簾的只有幾盞黃色小聚光燈。

經過幽暗與光亮的一番調和，妘蘭以目光搜尋許久未見的那張面孔。巡視到離門最遠的角落時，妘蘭發現了一個熟悉的身影，正舉手向她示意。

妘蘭愉悅地走過去，邊打量著美津，以彌補時間的分隔所造成的疏遠。

她跟美津打招呼：「美津！妳變得好漂亮，瞧瞧，十足都會裡的吉普塞人。」

妘蘭從美津異國民族風的打扮中，抓取她一直一來所保有的生活態度當作話題。

美津：「我還是老樣子吧？倒是妳，變得時髦許多，瞧瞧，皮膚還是吹彈可破。」美津用手指在妘蘭的手臂上彈了兩下，欣羡地說。

「妳眞的是愈老愈漂亮，亮麗了許多，而且雖然都是民族風，可是這身行頭眞不可同日而語呢！」妘蘭伸出手指在美津上衣的布料上搓揉一番。
兩人剛見面的一來一往，平息了妘蘭原本的不安。
美津看著妘蘭：「妳……還跟隆恕在一起嗎？」
妘蘭不了解美津問話的用意，尷尬地說：「嗯……我們還在一起。」
美津見妘蘭尷尬的神色，表情嚴肅了起來：「眞是抱歉，我那時候那樣對妳。」
妘蘭微笑：「沒關係，都那麼久了。妳呢？現在在幹嘛？還在畫畫嗎？有沒有男朋友？還是已經結婚了？」
美津：「我在一家畫廊做事，跟老闆談戀愛……工作跟戀愛就佔了大多數的時間，沒有太多時間畫畫。」
妘蘭：「那眞可惜。不過能夠在一個自己喜歡的工作場合中，跟一個自己喜歡的人一起工作，是相當幸運的一件事。」
「該不會是要發紅色炸彈給我吧？」妘蘭像是突然有所發現地問。
美津尷尬地說：「他……已經結婚了，有婦之夫……還有兩個小女兒。」
妘蘭覺得不可思議地問：「妳……怎麼會跟他在一起？」
美津：「他三十八歲了，可是看起來比實際年齡還小，當時以爲他的年紀跟我差不多，所以沒考慮過他已經結婚的事。」

她繼續說：「畫廊的人可能是因爲工作太忙，所以也沒聽他們提及他有老婆……一直到我跟他在一起三個月以後，才從同事那裡知道……」

妘蘭：「那時候他怎麼說？」

美津：「他說以爲我早就知道了，叫我不要離開他……我實在沒有辦法接受，只好離職，也搬了家，可是半年過後還是沒有辦法忘掉他……」

她繼續說：「那段時間太痛苦了，所以就又跟他復合。」

妘蘭：「他不準備跟老婆離婚嗎？」

美津：「嗯……我只能認份地當個小老婆，他知道我離不開他。」

妘蘭：「只要他一直對妳好就好了，只是誰也沒有辦法保證，愛情什麼時候會走掉，到時候，或許妳只會變成他不願意面對的累贅了。」

美津以哀傷的神情欲言又止地說：「那倒是以後的問題，可是……目前有一個更重大的決定……我想要問問妳的意見。」

妘蘭：「什麼事？」

美津痛苦地說：「我……懷孕了。」

妘蘭見美津吞吞吐吐，雖然心裡已經做好了準備，但仍心頭一酸。

妘蘭問：「妳……想要嗎？」

美津：「不知道，其實還沒準備好，可是他希望我幫他生個男孩，我也想跟他建立一個家庭，即使沒有名份……」

美津問妘蘭：「如果是妳……會生嗎？」

妘蘭也曾思索過這個問題：「我們現在才二十六歲，生小孩似乎太早了點，更何況是跟有婦之夫……」

「那樣的賭注下得太大了點，一輩子不論在身體、心理、生活、經濟上，這個出生的孩子都會成爲妳很重的負擔……」妘蘭說。

妘蘭提出個建議：「也許等到三十歲，你們兩個依然相愛再生，應該也不遲吧！」

美津：「如果現在堅持不要這小孩……或許我跟他之間就會有無法彌補的疙瘩……。」

妘蘭看看美津還沒有任何懷孕跡象的肚子：「多久了？確定是男生嗎？」

美津：「三個月，還沒法看出性別。」

妘蘭：「妳要趕快作決定，否則就來不及了……有什麼需要我幫忙的地方，儘管找我。」

妘蘭又補充：「對方給妳的信任感在這時候相當重要，妳相信他對妳的誠意嗎？」

美津：「我非常信任他對我的感情……他對我一直都很體貼。」

美津又說：「我回去想想好了。妳呢？跟隆恕的感情還是那麼好嗎？」

妘蘭：「嗯……不過我們還是一樣，幾乎每個禮拜才見一次面。」

美津：「不會悶嗎？」

妘蘭：「之前比較會，現在交了個新朋友，偶爾會一起出去玩。」

美津：「那個朋友是男生還是女生？」

妘蘭：「男生……妳可別想歪了，我們只是很有話聊，他也是美術系畢業的。」

美津：「眞是難得，妳一向很懶得理男生的。妳以前說過，大部分的男生都是木頭人，妳還記得嗎？」

美津又繼續問：「你們認識多久了？他年紀多大？」

妘蘭：「認識半年多了，大概比我們小兩三歲。」

爲了避免美津的身家調查，妘蘭就自動大略地交代了她跟衛明交往的過程。

美津：「聽起來蠻不錯的，他知道妳有男朋友嗎？」

妘蘭：「還沒跟他說。」

美津故作神祕地說：「那就對了！有沒有想過換男朋友呢？跟有婦之夫在一起，不管他對妳有多好，多多少少還是會心裡不平衡。」

妘蘭：「這我知道可是我現在還沒有辦法跟隆恕分開，也還覺得他會一輩子對我好，我們的感情還沒開始走下坡呢。」

美津：「那妳幹嘛要瞞著這個男生啊？」

妘蘭：「好朋友不嫌多嘛！而且我怕如果他知道我有男朋友後，就再也不裡我了，那會讓我覺得他只是把我當作想追求的女生而已。」

看著美津懷疑的眼神，妘蘭誠實地說：「我承認我跟大多數的人一樣，都希望喜歡的人能夠永遠對自己好。」

美津：「這也是人之常情，不過可別讓人家陷得太深，那有點危險，妳也知道，搞藝術的人多少都帶有點瘋狂的基因。」

妘蘭：「妳放心，我跟他之間眞的只是朋友關係，也許等到我拒絕了他進一步關係的請求，他就會像大多數的男人一樣離去了也說不定，到時候就只能讓他走了……我其實蠻珍惜這個朋友的。」

妘蘭想到之前的不愉快，補充了一句：「可是他蠻自以為是的，我有點受不了，以後可能也不太有機會見面了。」

美津似乎幸災樂禍地笑著：「妳終於嘗到男人的鴨霸了喔，之前的男人都對妳太好了，百般迎合、奉承妳，終於有人要來修理妳了。」

妘蘭不服氣地說：「妳放心，他還不夠格來修理我呢！」

美津忽然想起什麼似的：「對了，下個星期天同學聚會，妳已經很久沒有跟同學聯絡了，而且前幾次同學會妳也沒有參加，這次妳要不要跟我一起過去？」

妘蘭猶豫了一下，她想她跟隆恕間的感情，應該早已經在同學間傳開了，而且要在見到因為隆恕而疏遠掉的那些朋友，總覺得有點尷尬，雖然她確實很懷念曾經帶給她歡樂的同學們。

妘蘭說：「我想我還是不要出現比較好。」

美津了解她的難處，但更希望她能夠接受更寬廣的世界，不要因爲美好的愛情而阻礙了她熱情的性格。

於是美津挑明地問：「妳在顧慮妳跟隆恕的關係嗎？」

妘蘭沉默地點點頭。

美津：「放心吧！這麼多年了，大家已經不是像小孩子那樣看事情了，對於愛情也沒有那麼多天眞的幻想。」

她繼續說：「而且，景松和心寧常常向我問起妳的消息，他們也很想再跟妳敘舊呢！」

景松和心寧因爲隆恕的關係而與妘蘭疏遠，聽美津那樣說，妘蘭心中不免欣喜。

但又憂慮地說：「眞的嗎？那……我就跟妳一起過去好了。」

妘蘭也希望她跟隆恕的感情能夠獲得大家的祝福。

⁕ ⁕ ⁕

跟美津分手後，就接到衛明的電話。

「你怎麼會知道我的手機號碼啊？」妘蘭疑惑地問。

衛明好笑地說：「妳得了健忘症嗎？是妳自己給我的啊！」

妘蘭回想了一下，只有那次在他家時，敷衍地報出她的手機號碼，她確定了衛明的用心，只是她不願意承認：「難不成你的記憶力超強？」

衛明覺得妘蘭應該顯現的是感動的態度，而不是像現在這樣的質問，於是他也毫不溫柔地回應：「哪像有人換了失憶症。」

妘蘭非常疑惑爲什麼兩人碰在一起總會有爭執，於是退讓了一步：「好啦！不跟你爭了，找我有什麼事啊？」

衛明也鬆了手：「明天有傑克梅蒂的藝術展，妳要去看嗎？」

妘蘭聽了直呼：「傑克梅蒂？我好喜歡他的作品喔！怎麼約？」

衛明：「我明天下午兩點去誠品接妳。」

妘蘭：「OK，明天見。」

一聽到衛明的聲音，妘蘭都忘了之前對他的賭氣，立即就答應他的邀約。

* * *

衛明看到妘蘭穿著白色七分褲，搭上橘色印有Bob Marly人像的T恤，以及及踝短統白布鞋，一身輕便俏皮，不同於以往總踏著有跟的涼鞋。

衛明調侃地說：「妳今天要去哪裡郊遊啊？」

妘蘭也突然驚覺到自己跟衛明相處後的改變，連忙辯稱：「這樣看展覽比較不會累，而且如果人很多的話，也比較容易走動。」

衛明看著她腳上新買的布鞋：「妳當眞以爲那麼多人都聽過傑克梅蒂啊？還特地去買雙布鞋來參觀，眞是有趣。」

妘蘭不服氣地掩飾著：「這是我以前就買的，只是沒有機會穿罷了。」這雙鞋其實是她昨天接到衛明的電話之後，特地跑到百貨公司採購的鞋子。

衛明不置可否：「開開玩笑的啦，不必那麼生氣啊！」

認識衛明之後，妘蘭眞的相信所謂的「冤家路窄」了。果然被衛明說中了，來觀賞的稀疏的可憐。

妘蘭：「傑克梅蒂這麼棒的藝術家，怎麼沒有多作宣傳，沒有看到眞的很可惜。」

衛明覺得妘蘭講這番話實在太過天眞：「不了解的人自然不覺得可惜，別杞人憂天了，儘管穿著妳的布鞋，輕鬆愉快地欣賞他的作品吧。」

又被虧了，妘蘭瞪了衛明一眼，逕自跟上前去欣賞作品。

妘蘭一方面有感而發，一方面想要展現自己面對藝術作品的鑑賞力：「傑克梅蒂眞是個敏感又粗獷的藝術家啊！可以用那麼堅硬的材料，以簡單的線條，雕塑出細緻而沉重的人型，似乎所有屬於人的負面情緒，都扛在這個人的身上。」

衛明並不加反駁，只是說出他不同的觀點：「我覺得這個人身上並沒有所謂的負面情緒，他只是很認眞而且冷靜地在感受與體驗作為人這一回事，這樣的人容易令人動容。」

就這樣，在兩人分別對傑克梅蒂作品的驚嘆，以及對藝術作品你一來我一往地發表感想後，由於意猶未盡，以及對彼此的刮目相看、針鋒相對，衛明建議到上次那家咖啡店「續聊」。

進門剛坐下，就有一位穿著品味的美麗小姐來到衛明桌旁。

那小姐對著衛明說：「我就知道你會來這裡。」

衛明有點驚訝地看了一下她：「玉華？妳怎麼會來？」

披肩長髮、大眼、濃眉，化了淡妝，相當美麗的玉華幾近哀憐地說：「我最近常來這裡，等等看會不會遇到你。」

衛明低下頭來不看她：「找我有什麼事？」

玉華輕聲試探地建議：「你可不可以過來一下，我有話要跟你說。」

衛明看了妘蘭一眼示意，便隨著玉華走到隔桌，妘蘭其實聽得到他們的對話。

玉華往妘蘭看去：「那是你女朋友嗎？」

衛明不耐煩地說：「妳找我究竟有什麼事？」

玉華似乎相當了解衛明的個性，繼續她剛剛的話題：「那她應該還不是你的女朋友，否則你會承認的。」

被玉華看穿，對衛明來說相當不是滋味，更是表現出他的不耐煩。

玉華試探地說：「我跟小志分了。」

見衛明不說話，玉華繼續說：「跟他相處過以後，覺得兩個人的個性合不來……」

猶豫了一下，玉華又說：「而且……就算跟他在一起的時候，我還是會不斷地想著你……我們……可以重新開始嗎？」

衛明壓抑著激動的情緒：「我們已經沒有辦法再像之前那樣了。」

玉華又看向妘蘭：「是因為她嗎？」

衛明激動地說：「早在一年前，我就已經完全把我們之間的一切都丟棄掉了，在她出現之前，我們之間就已經什麼都沒剩了。」

玉華見衛明如此堅決的態度，忽然哭了起來，哀求著：「跟小志在一起之後，我才發現我的心中只有你，我的生命裡也只有你的位置啊！」

玉華繼續說：「求求你再給我一次機會，好不好？」

衛明毫不憐惜地轉身走回座位。玉華則流著眼淚奪門而出。

妘蘭與衛明默默地坐著，不久，衛明似乎恢復了平靜。

衛明說：「我之前的女朋友，一起走過大學時代。畢業後不久，她選擇跟我的好朋友在一起。」

衛明繼續說：「我眞不明白，爲什麼這麼多年了，她還能夠回來要求我跟她復合！」

妘蘭默默地握著衛明的手，這是她第一次主動握他的手，讓衛明倍覺溫暖。

衛明拉起妘蘭的手，放在自己的唇邊，注視著妘蘭的眼睛。

這時，像是有股電流流過妘蘭的身體，使她害羞地低下頭，輕輕將握在衛明手中的雙手抽回。

衛明注視著妘蘭，認眞地說：「我很喜歡跟妳在一起，那會讓我心情平靜且愉快。」

衛明繼續補充：「就算妳不能接受我當妳的男朋友，也請妳讓我陪在妳的身邊……也請妳陪在我的身邊。」

衛明又說：「我喜歡看妳笑的樣子，也會因爲看到妳的笑容而感到快樂，妳……了解嗎？」

衛明似乎看穿了妘蘭的爲難，他的體貼讓妘蘭感動。

妘蘭說：「我們……當一輩子的好朋友，好嗎？」

衛明不願意把兩個人的關係定死，賊賊地說：「那是最基本的，進一步的發展……要由時間來決定。」

他又說：「我現在可是個小男人，一切……到時候由妳決定。」

妘蘭覺得虧欠衛明，半開玩笑地說：「我最好趕快把你推銷出去，免得到時候發霉。」

她眞希望衛明能快點找到理想的伴侶。

＊　　＊　　＊

星期天，妘蘭與美津一同出席在Hard Rock舉辦的同學會，通過一道裝置著復古照片及物件，綴有藍色小燈炮的狹長走道，兩人才剛步入廳內，就看見眾多眼光投射在她們身上的注視。

美津依然是一身高級民俗風，妘蘭則身著削肩緊身短禮服，一身亮麗，吸引許多目光。

心寧趨前迎接妘蘭：「妳終於出現了，消失了好幾年，變得這麼漂亮。」

心寧牽著美津的手，將她們引向擺滿雞尾酒及精緻料理的長桌前。

妘蘭看見心寧的友善態度，心中充滿了喜悅。

眼看著愈來愈靠近以前的同學，妘蘭不覺心中忐忑，但同學們的熱情令妘蘭輕鬆了不少，大家圍繞著她的話題就是詢問她那麼久沒出現的原因、美容保養秘方、時尚品牌，而且也跟她咬這幾年的八卦消息，誰又跟誰在一起、誰又跟誰分手、誰又結婚、誰又離婚了等等。

雖然有時候會問及令她尷尬的話題，但美津都會在一旁替她回答：「你們又不是第一天認識她，她以前不是也有過無緣無故失蹤的紀錄？」

美津的解圍，逗得大家回憶起大學時代的各種趣事。

這時，忽然又一陣騷動。妘蘭隨著大家的目光望去，看見一個英俊挺拔的身影。

直到那男人銳利的眼神投注到妘蘭身上，並喚了她的名字後，妘蘭才恍然大悟那是景松。

景松不顧眾人的目光，直接走向妘蘭：「妳變漂亮了。」

妘蘭也回應：「你也變英俊了。」

景松在學校的時候，就是個有名的花花公子，但因為各方面的條件都太好，而且處理感情很有一套，所以也就沒有人會去怪罪他的花名。

只是大家以前一直非常納悶，為什麼妘蘭和景松這對郎才女貌，總是保持著很合得來的朋友關係，但卻都沒有進一步發展關係，這樣的問題在這時候被提了出來。

妘蘭：「因為我們之間只有朋友的感覺，所以沒有辦法發展成男女朋友的關係」。

景松：「那是妳對我的感覺吧！我可是一直很希望妳能當我的女朋友，只是妳一直拒我於千里之外。」

景松趁機試探：「不知道……我現在還有沒有機會？」

這時，英子酸酸地插話：「你可別忘了，人家跟有婦之夫在一起，感情可好呢。」

看樣子，英子是景松的現任女友。

妘蘭相當尷尬，景松替她解圍：「這樣我才會有希望不是嗎？至少妘蘭不會認眞考慮跟對方結婚的事，也就是不會變成死會，那麼我就有機會可以活標。」

英子恨恨地說：「廖景松，你不要太過分。」

當場氣氛變得非常僵。這時有人起鬨：「小倆口要吵架嘍！」把這一刻的尷尬疏散開，英子才轉身走向其他同學。

景松一直跟在妘蘭身邊，彷彿是她的守護神般，每當有同學問到妘蘭一些敏感的問題時，景松都會在一旁，將話題玩笑式地打發掉。

直到兩個人單獨相處的時候，景松才問：「妳和他現在感情還好嗎？」

妘蘭：「一樣，還是很好。」

景松直接地表達他的遺憾：「眞是可惜，不過我不會氣餒的。」

他從口袋裡掏出名片給妘蘭後，並開口：「給我妳的電話。」

妘蘭把手機號碼抄給景松：「我們的朋友關係不會改變的。」

景松：「話可別說得太早。」

妘蘭知道，景松不會因爲她的拒絕而對她有所埋怨，或者對他造成挫折打擊。

在妘蘭看來，「一切都太容易獲得」就是他對待感情的態度，也是妘蘭一直無法跟他進一步發展爲男女朋友關係的原因。

※　※　※

玉華不知道從哪裡打聽到衛明的電話：「衛明，上個禮拜我經過東區的時候，看到上次跟你去咖啡廳的那個女生，跟一個中年男子親熱地在一起。」

玉華繼續說：「我看到他們一起走進大廈裡，不信的話，我可以給你那裡的地址，你自己過去瞧瞧。」

衛明很生氣地說：「不必了，我的事請妳不要再管了。」

衛明繼續強調：「就算沒有她，我也不會跟妳在一起的。」

說完後，衛明立刻將電話重重掛斷。

衛明賣力地揮灑畫筆，將他的一切情緒都發洩在畫布上。

從妘蘭的態度上，衛明稍可察覺到她的感情狀況，但他很了解自己一直在逃避去面對她已有男朋友的這個事實。

衛明相信，妘蘭與他相處的愉快，遠超越了跟好朋友相處的快樂，他所能做的，只是一步步地接近她，但最關鍵的，在於妘蘭自己願不願意放棄那個男人，那決定了他有沒有可能再更進一步接近她。

但那一刻眞的會來臨嗎？他沒有把握。這讓他常常從夢中崩潰著醒來。只有在這種時刻，他才發現自己竟然莫名其妙地，深陷於妘蘭的魅力之中，連他自己也不了解，爲什麼會愛上那不時態度傲慢的妘蘭。

卷四

在衛明的懷中，妘蘭聞到衛明身上散發著令人興奮的男性氣味，激動的妘蘭不覺深吸一口氣。衛明與妘蘭深情地注視著彼此，衛明的嘴巴朝向妘蘭性感的唇緩緩逼進。就在碰觸的那一剎那，妘蘭的私處感受到前所未有的激動，那種激動侵逼著她的心臟，衛明的舌頭性感而急切地與妘蘭的交纏，妘蘭以毫無保留的溫柔在他的懷中溶化。

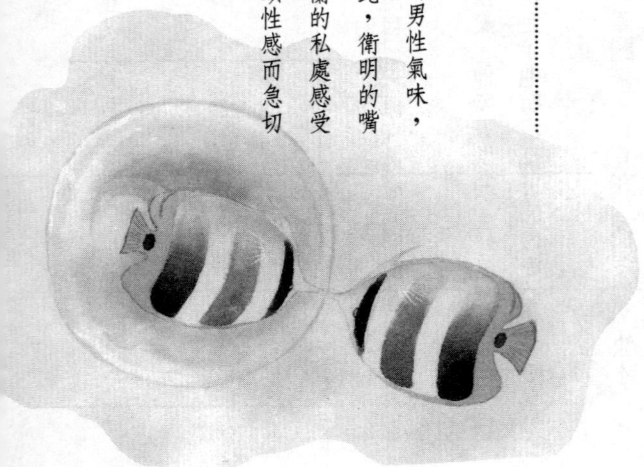

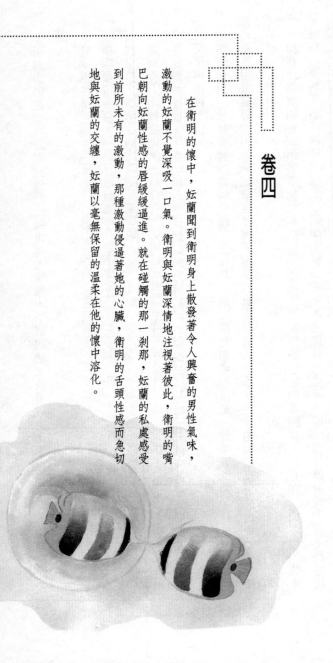

第二天晚上，衛明找妘蘭去跳舞。

這是一家規模不大的Pub，設有專用的舞池，採用滑面地板，燈光音響都很夠水準，配上動感的電子音樂，絕對讓舞客跳得起勁。

兩人拿著啤酒坐到舞池邊的座位上，妘蘭觀察著舞池中的舞客：「這裡的外國人很多。」

衛明：「這一帶只要有賣酒的地方，都可以見到外國人出沒。妳想不想下去跳舞？」

妘蘭隨著衛明走向舞池，很久沒有跳舞了，妘蘭相當生疏，但卻又懷著興奮之情。她內在的韻律隨著音樂及現場的氣氛跳動著。

衛明一進到舞池，整個身體就像與音樂緊密連結般認眞而陶醉地律動，他身體的生命力強烈地召喚著妘蘭，也深深地吸引著妘蘭最私密的感受，妘蘭的性感不自覺地跟隨著他的節奏，引起週遭異性貪婪的目光。

這種身體的經驗以前從未有過，一種強烈、隨性、愉快、任性、投入、自我、性感的經驗，是她從來在別人面前所不敢表現的，甚至她也不知道自己的身體具有這樣混雜的特質。

妘蘭知道自己正處在一種危險的狀態，但她感覺到的是無比的安全感，那是衛明帶給她的安全感，她相信這時候沒有人敢無禮地侵犯她。

衛明見到妘蘭性感而狂野的一面，並且兩人相互配合著、互動著、撫觸著，那種感覺淋漓盡致，而週遭眾人只是在一旁讚嘆著。一首又一首舞曲，撩撥著他們的身體。

終於妘蘭投降了：「我累了，先休息一下。」

兩人回到座位上，咕嚕咕嚕地喝著酒。

過了不久，所有人的目光被一位舞動著性感身軀的女子吸引，妖媚的表情及身段，她一件件卸下身上本來就不多的衣物，剩下一件短得可以的粉紅色蕾絲邊襯裙，以及不時隱隱約約浮現的紅色性感內褲，撩動著現場所有男男女女的情慾。

在所有人都期盼她下一步的動作時，一個粗壯時髦的男人走了過來，一把將她拉到一旁，另外一批人馬走了過去，兩派人馬以粗話大聲叫囂了一會兒，隨即大打出手，拳頭、酒瓶、椅子紛紛出爐。

正當妘蘭害怕地不知所措時，衛明拉著她的手說：「我們趕快走，待會警察就來了。」

逃離了哄鬧的Pub，兩人走到附近的公園。

之前的餘韻猶存，衛明牽著妘蘭的手一起在公園散步，宛如一對情侶般。

妘蘭也感覺到一股暖暖的喜悅，也許是之前的酒精作祟，也許是賣力的舞動，躁熱湧向全身。

衛明將妘蘭拉向他，兩人的身體緊緊地貼在一起，衛明雙手緊緊地抱住妘蘭，呼吸著妘蘭的髮香。

在衛明的懷中，妘蘭聞到衛明身上散發著令人興奮的男性氣味，激動的妘蘭不覺深吸一口氣。

衛明與妘蘭深情地注視著彼此，衛明的嘴巴朝向妘蘭性感的唇緩緩逼進。

就在碰觸的那一剎那，妘蘭的私處感受到前所未有的激動，那種激動侵逼著她的心臟，衛明的舌頭性感而急切地與妘蘭交纏，妘蘭以毫無保留的溫柔在他的懷中溶化。

＊　＊　＊

回到住處，妘蘭抱著枕頭，溫習著之前的激動，她知道，如果當時衛明進入她的身體，她也會順應著他的需要，因爲那也是她想要的。

那麼強烈的感覺，是她與隆恕從不曾有過的，而那種感覺，幾天之後仍未能脫離她身體的渴望，她感到罪惡，自己竟然那麼容易受到隆恕以外的男人身體所誘惑。

幾天過去了，妘蘭與衛明都沒有聯絡。

妘蘭心中有些失落：「既然那天彼此的感覺都那麼好，爲什麼衛明可以忍受多日來的疏遠呢？」

但另有一種更強大的聲音告訴妘蘭：「這樣也好，就不需要跟衛明交代她有男朋友的事情，也不必因此而需要在他與隆恕之間作一個選擇……」

因此，妘蘭的心情擺盪在對衛明的思念，以及免去因爲接近而產生衝突的可能性。

妘蘭將這種掙扎轉化爲繪畫的動力，在期待衛明的電話，以及想要保持心情平靜的兩難下，以對繪畫的投入將兩者融合。

但是想念的時刻是如此漫長，讓妘蘭開始胡思亂想：「難道我的魅力還不夠嗎？難道他也有別的女人嗎？」

※　※　※

這天中午，妘蘭因爲早早起床，沒吃早餐而感到飢腸轆轆，心中思索著該吃什麼時，正好一通電話打來。

妘蘭有氣無力地去接電話，一聽到是衛明的聲音，馬上緊張了起來。

衛明：「妳吃飯了沒？」

妘蘭：「還沒。」

衛明：「要不要一起去吃飯？隨便吃吃。」

妘蘭：「嗯，好。」

妘蘭又忽然想起了什麼似的補充道：「不過我要先洗個澡再出去。」

衛明：「一點半，老地方見。」

妘蘭：「好，待會見。」

掛了電話，妘蘭整個人興奮地跳了起來，她忽然自覺到自己太過興奮的反應，也覺得有點荒謬。

妘蘭心想：「你們是什麼關係啊？他只不過是約妳出去吃個飯而已，就可以讓妳那麼激動嗎？」

她感嘆：「妘蘭啊！妘蘭，妳眞是太沒用了，妳這樣子怎麼對得起隆恕呢？」

妘蘭邊自責，邊拿出換洗衣物，不禁又想：「我昨天就寢前才洗的澡，爲什麼一定要堅持現在洗呢？只不過是不想要衛明聞到她身上臭臭的水彩味罷了。」

妘蘭不禁自嘲地搖搖頭，但依舊洗了個澡。

* * *

妘蘭以爲衛明會帶她去高級的餐廳吃飯，所以特地打扮了一番。

到了誠品門口，妘蘭發現衛明仍然是一身T恤、牛仔褲及布鞋，心中覺得有點窘。

衛明也看到她的盛裝：「我就是怕妳誤以爲要去什麼高級場合吃飯，所以特地跟妳說隨便吃吃，妳怎麼……」

妘蘭爲了掩飾自己的尷尬說：「自從畢了業以後，我眞沒遇過哪個男人找我吃飯敢這麼隨便的。」

衛明：「妳可別忘了，我就是會帶妳去吃路邊攤的那種人。」

對呀！他是那個帶她去吃竹筍湯、地瓜湯的男人。

「我究竟在想什麼啊？」妘蘭覺得自己的這一身裝扮實在蠢斃了，眞想直接回家換衣服。

妘蘭以爲在那次分手之後的幾天，衛明打電話來約她，目的是在決定正式追求她，所以理當會約她到比較羅曼蒂克的地方吃飯。

她甚至誇張地想像，她會見到衛明身穿白色西裝，手中捧著一束紅玫瑰，在誠品門口等她呢！

這時，妘蘭忽然覺得自己俗不可耐。

衛明帶著她到一家普通的簡餐店，妘蘭看著裡面穿著打扮以及動作都相當隨性的客人，望著衛明說：「你就是要帶我來這種地方吃飯嗎？」

衛明理所當然地點點頭。

妘蘭覺得相當為難：「還是……我請你去吃大餐好了。」

衛明：「妳是覺得這裡配不上妳的衣服嗎？」

妘蘭聽出衛明覺得她自以為是的嘲諷，相當不高興，也為了反駁衛明的嘲諷，於是說：「如果你堅持一定要在這裡吃飯，那就進去吧！」

她等衛明先走進去，緊跟在衛明的背後進去，讓衛明的身體能夠擋住她的醒目。

但當自動門打開時，所有人的目光都好奇地往這邊看，像是大家都覺得會有自己的朋友到來一樣。

妘蘭果然成為大家的目光焦點，這時候她並沒有以往的自信，只是焦慮地覺得大家的目光，都是因為她不合宜的裝扮。

衛明見著她的不安：「還好這裡沒有我的朋友。」

妘蘭責怪地看著衛明：「你就這麼愛落井下石嗎？是你堅持要來這裡吃的。」
衛明：「妳幹嘛這麼畏畏縮縮呢？幹嘛要把事情看得這麼嚴重？妳只不過是打扮入時罷了，又不是像明星一樣穿了走星光大道的晚禮服。」
妘蘭看看週遭：「那是因爲你沒有發現，別人都用異樣的眼光看我。」
衛明：「妳倒說說，妳在哪個場合沒有人用異樣的眼光看妳？」
妘蘭想想，覺得很有道理，她大可以像以前一樣，將那種異樣的眼光視爲對她的讚賞，而且那也未嘗不是現在的狀況。於是她擺脫了之前的困窘，代之以一種自信的態度。
經過這麼一番折騰，她對之前浪漫的想像完全消失得無影無蹤。
衛明眞不敢相信自己竟然會喜歡上眼前這個這麼愛面子的女人，但一方面又覺得她單純的很有趣，於是不禁揚起嘴角笑了笑。
這麼一笑剛好被妘蘭看到，她立即委屈地斥責：「我現在才知道原來你是一個這麼不浪漫、不體貼的人。」
衛明：「這一點我是不否認的，不過吃飯動氣可是對消化不好呢！」
妘蘭沒想到，上次分手前的那種感覺，跟現在竟然相差了十萬八千里，她毫不懷疑地認爲衛明並沒有要追求她的意思，妘蘭心想：「反正我也不稀罕這種粗魯的男生。」
衛明與妘蘭都不敢貿然地對彼此採取更進一步的動作。

在衛明的立場，他害怕自己太過於主動，會讓妘蘭不信任他的誠意，也害怕在感情還沒有穩固建立好之前，妘蘭會因爲他的積極主動而被迫選擇退縮。

他認爲上次是因爲酒精的催化，使得妘蘭失去理智地接受他的親近，雖然他也相信，如果妘蘭再一次接受他身體的接近，那就表示妘蘭的感情的確已經向他靠攏，但他實在不敢去冒那百分之五十機會的險，因爲那也有可能永遠失去跟她成爲男女朋友的機會。

在衛明看來，妘蘭這幾天沒有打電話給他，似乎表示了她的退縮。所以這一天衛明刻意表現得就像朋友一樣，好像上次那件事情從來沒有發生過。

看到衛明的這種態度，妘蘭確實鬆了一口氣，但她心中不禁懷疑：「那一次對他來說究竟算什麼？」

每每想到這個問題，妘蘭心中就不免對衛明有些埋怨，因而對他比以前更不客氣。

「會不會因爲我們是在Pub認識的，所以他認爲我很輕浮？會不會因爲他常混Pub，所以他其實就是那樣隨便的人？」縱使心中有千百個問號，但妘蘭仍選擇了不直接問他。

這是因爲一來她害怕這個時候就必須作出選擇；二來她不想表現出她比他還要在乎對方的樣子；三來她也害怕他眞的認爲那次只是擦槍走火，並不是認眞的。

於是兩人都故作輕鬆地吃著飯。

衛明：「我以前常來這裡吃飯，因爲覺得這裡的簡餐，不像大多數的店家都用餐包料理，而是現炒的菜餚。」

妘蘭：「聽起來你好像常常吃簡餐？」

衛明：「妳大學時代很少吃簡餐嗎？妳從那時候開始就每天吃大餐嗎？」

妘蘭想想也對：「以前偶爾吃啦，只是沒有你那麼有心得，而且那時候的簡餐店現在應該都換了，簡直無從比較起。」

衛明：「我在大學時代除了自己煮東西吃，或者吃路邊攤外，簡餐可以說是我最奢侈的享受。」

他繼續說：「我大部分時間因爲跟朋友約，或者要考試的時候，才會到泡沫紅茶或咖啡廳吃簡餐，因爲那樣既可以吃飯，又可以喝飲料，還可以坐很久，多重滿足你的需求。」

妘蘭心想：「衛明果然很窮」。

妘蘭有點擔心自己如果眞的愛上他，而且他們眞的在一起，她就必須跟著他過著貧窮的日子。

於是妘蘭試探性地問：「你……那時候靠什麼維生啊？」

衛明：「教畫、當DJ。都是打工性質的工作，收入不是很穩定。」

妘蘭：「那……你現在呢？」

衛明：「還是差不多，現在多了接插畫的工作，但是我比較想靠油畫賺錢，因爲那比較是表達我內在的東西。」

妘蘭：「你的畫可能不容易賺到什麼錢，因爲情緒太過於強烈。」

妘蘭怕傷害衛明，所以又補充道：「你也知道，大家喜歡收藏唯美的畫作，因爲比較適合當裝飾。」

衛明：「這個我知道，但是我就是畫不出那種唯美的作品，我畫那樣的東西，不僅是對我，就連對社會也沒有任何特殊的意義與價值。」

妘蘭：「也對」。

妘蘭覺得他的繪畫確實獨具風格，只是是否能夠遇到懂得欣賞的伯樂，甚至是否能夠獲得充裕的物質資源，那可就說不準了。

衛明：「妳平常都去哪裡吃飯呢？」

妘蘭：「通常都自己做來吃。」

衛明：「跟我一樣，是有時候會想要有人陪我吃飯，所以就找人出來一起吃。」

衛明又說：「畢竟成天一個人過，雖然很認眞地在作畫，但不免還是會覺得單調乏味，連吃東西都不起勁了。」

妘蘭：「對呀！也常常會有那種感覺，只是大部分時候都找不到人一起吃。」

妘蘭繼續補充：「而且如果跟朋友養成了一起吃的習慣，哪天如果不想跟對方一起吃飯，拒絕了對方的邀約，會覺得很不夠意思，好像你不需要別人的時候，就把人家一腳踢開，自己的心裡很不好受。」

衛明：「那樣的確相當麻煩，但如果先講清楚應該就沒有問題了吧。」

兩個人各自喝著自己的飲料，他們發現這個話題繼續發展下去似乎有點危險，好像兩人平常可以一同吃飯一樣，但如果只是將話題停留在這裡，著實另兩人相當尷尬。

但衛明卻趁勢提出建議：「其實以後我們可以常常一起吃飯，妳覺得如何？」

妘蘭雖然心中產生一股喜悅，但仍想避免兩個人太過接近的可能，於是說：「可是我要畫畫，沒有那麼多時間像今天這樣出來聊天、吃飯……而且我吃飯的時間非常不定……」

衛明：「一天撥兩個小時出來吃飯，應該不會耽誤吧！而且整天悶在家裡也很不健康，不是嗎？」

妘蘭：「看狀況再說吧！」

衛明：「那我就打電話詢問妳的意思，妳有意願的話再一起吃飯吧。」

妘蘭點頭答應。

＊　＊　＊

第二天，衛明果然找妘蘭一起吃午飯。衛明一開始也相當猶豫，怕妘蘭為了避嫌而刻意拒絕，但又覺得應該把握這種能夠常常跟她吃飯的機會，讓她習慣跟他一起過日常生活，所以拖到下午一點半才打。

妘蘭接了電話也有點猶豫，但也覺得有衛明陪伴一起吃午餐是件愉悅的事，所以就答應了。衛明帶她去吃東西的地方都不是簡餐就是路邊攤，絕對沒有什麼豪華高級的餐館，自從妘蘭跟隆恕在一起之後，兩個人一定上館子、飯店用餐，就算偶然跟朋友約出去吃飯，也總是特地挑選一些主題餐廳，剛開始妘蘭相當不能適應，即使穿著牛仔褲、T恤，到路邊攤吃飯時仍不免有些猶豫。她總覺得經過的路人一定會注意到她這麼有氣質的女孩子在路邊攤用餐，並且會納悶為什麼她不去找一個有錢的男朋友，不過還好衛明是個外在條件挺不錯的男生，否則她實在受不了那些路人的眼光。

衛明很快就注意到她的彆扭，於是嘲笑地說：「怎麼了？公民與道德唸的太好了嗎，覺得吃路邊攤是件助長違法的事嗎？」

妘蘭聽出衛明的嘲笑，不高興地說：「只是覺得路邊攤的食物不太乾淨，畢竟是流動的店面。」

衛明：「如果妳真的因為他們是流動攤販而擔心食物的清潔度，那麼妳放心好了，我帶妳去吃的路邊攤都是幾十年的老字號，流動程度比一般商家還要低呢！」

妘蘭：「反正攤販所用的材料都沒有經過合格的品管，總覺得沒那麼衛生。」

衛明：「你以為一般餐廳就有品管嗎？那只不過是衛生局偶爾一時興起去抽驗罷了，結果還不是一大堆細菌。」

妘蘭：「先不管食物的衛生度，在路邊吃東西，人來人往，車來車往的，總會有許多灰塵及細菌飄進食物裡。」

衛明：「可是在餐廳裡面，所有顧客帶來的細菌，都被關在室內，經過冷氣吹動，細菌也都會跑進妳的菜裡，不是嗎？」

妘蘭不想再跟衛明爭辯，這其實並不是她不想吃路邊攤的主要問題，因此妥協：「好啦！辯不過你，可以吧！」

衛明卻緊追不捨：「妳不是因爲這個原因所以不想吃路邊攤吧！」

妘蘭假裝地說：「那是爲什麼？」

衛明：「是因爲妳的身段太高了。」

妘蘭：「吃個東西還有身段問題呀！你把事情搞得太複雜了。」

衛明：「希望如此。不過，反正妳會慢慢習慣的。」

妘蘭反諷地說：「習慣吃路邊攤？眞是多謝你的好意。」

衛明：「到時候妳就知道感謝我。」

妘蘭覺得衛明的想法實在莫名其妙。

衛明每天準時一點半約妘蘭一起吃飯，可是妘蘭覺得那樣的相處太過緊密了，有點不妥，害怕他們就像情侶一起吃飯一樣，所以這天妘蘭就拒絕了衛明的邀請。妘蘭自己在家啃食著麵包，以及順手做的小菜及湯，覺得一個人吃飯的確挺沒意思的，沒有笑聲、沒有話語，食物好不好吃似乎也不重要了。每次衛明帶她去吃飯時，一定會像嚮導一樣，先介紹那家店的特色，以及招牌菜。上菜後，妘蘭都以品嚐的心情吃著第一口，看看衛明是否誇大其詞，結果都會令妘蘭豎起大拇指。但現在自己吃飯，卻因缺乏衛明這個嚮導而食之無味。

一整天悶在家裡，畫畫反而沒有進度，整個人慵慵的，沒有了生氣。第二天，當衛明打電話邀約她一起吃飯時，她故作穩定，但心情卻興奮地答應了。「今天要去吃什麼呢？」妘蘭問著，想要先從衛明口中了解今天的行程。

出乎妘蘭意料之外，衛明的回答竟是：「到我家去吃，我親自下廚。」

妘蘭想起那天在公園發生的事情，有點防備地說：「去你家？」

衛明：「因爲妳昨天拒絕一起去吃飯，所以我就買了許多菜，一個人實在吃不完，所以找妳一起來幫我消耗掉。妳可不能對我亂來喔。」

妘蘭笑了笑。

妘蘭相當滿意衛明的手藝，美味的程度不輸給他介紹的那些店家。「你怎麼那麼會作菜啊？」

衛明：「在外面住了那麼久，要不會煮也眞是不容易。」

妘蘭覺得自己的手藝差透了：「你是在說我嗎？」

衛明：「我沒有吃過妳作的菜，如有巧合，純屬虛構。妳會打網球嗎？」

妘蘭：「大學時候修過網球課，基本球法還不錯。」

衛明：「待會吃完飯，休息一下，我帶妳去這附近的公園打網球。」

妘蘭很久沒有運動了，有點興奮，但也有點擔心：「我很久沒打了，你可不要嫌棄。」

衛明：「不會啦，總比對著牆壁打有趣吧！」

妘蘭：「那可不一定，我可能會讓你一直撿球呢！」

衛明：「打打看嘍，如果我受不了的話，會跟妳說的，妳放心好了。」

妘蘭覺得不服氣，但又無可奈何：「好吧！」

妘蘭的球技其實還算穩，一般的發球或回球都可以接到，而且也都能夠很穩地回打。衛明見狀，稱讚地說：「打得不錯嘛！想不到大學的體育課教學這麼成功。」

妘蘭這才拾回點信心：「那要看是什麼樣的學生了，像我這麼有天賦的學生，怎麼教都會不錯的。」

衛明覺得妘蘭頓時而來的驕傲很有趣，也想殺殺她的銳氣，於是突然發出變化球。這當然讓正自信滿滿的妘蘭措手不及。妘蘭也果然是可教之才，連續幾球後，她自己摸到了技巧，穩穩地回打給衛明，並且驕傲地說：「嘿嘿，難不倒我的。」

衛明又出奇招，來個殺球。球速太快，妘蘭一直無法接招，就這麼一而再再而三地漏接，整局下來敗得很慘。

妘蘭唉叫著：「不公平！不公平！」

衛明：「哪裡不公平？我又沒有作弊。」

妘蘭：「你常常打網球，還故意這樣刁難我。」

衛明：「誰叫妳那麼驕傲，打到我的發球就洋洋得意的，實在看不順眼。」

妘蘭：「我也是經過一番努力才打到你的變化球的，你都沒有稱讚我，還用殺球來殺我的銳氣，太沒有君子風度了吧！」

衛明：「妳這時候不應該這樣抱怨的，妳應該向我虛心學習才對，因爲我讓妳看到更新的挑戰了，不是嗎？」

妘蘭只能認份地說：「你這個人眞是嚴苛。」

衛明：「要打到我的快速殺球不是一天兩天的事情，也不會是妳今天就學會的，以後有機會再慢慢教妳吧！我看吶……還需要很長的一段時間呢！」

妘蘭不服氣地說：「我這個人學東西最快了，連以前教我開車的教練都這樣說，你只管教會我就對了。」

衛明：「好！如果妳一個禮拜以內可以學會回我的快速殺球，那麼我就承認妳的學習能力眞的很強。」

妘蘭伸出小指：「一言爲定。」

衛明看著妘蘭像小孩子一樣的行爲，也有趣地伸出小指：「一言爲定。」接著又說：「不過，我想……看樣子很難。」

妘蘭心中相當不服氣，心想：「等著瞧吧。」

＊　＊　＊

之後的幾天，妘蘭都期待著要學會接衛明的殺球。這一天，隆恕在預定的時間內到妘蘭的住所，這是隆恕出差兩個多禮拜以來第一次來見妘蘭，他帶著特地在西班牙幫妘蘭買的禮品，心想：「希望妘蘭見到禮物後，不會埋怨他那麼久沒出現。」

雖然他出差的事情有跟妘蘭交代，但仍擔心妘蘭在家裡太悶。

隆恕一進門，就見到充滿朝氣的妘蘭撲了上來：「好久沒見到你，好想你喔！」

隆恕：「妳的氣色怎麼那麼好？最近發生了什麼有趣的事嗎？」

妘蘭跑到全身鏡前面看了看：「眞的嗎？我的氣色比以前好嗎？」

隆恕站在她的後頭，攬著她的腰：「看起來好健康，就像啦啦隊女郎。」

妘蘭：「大概是因爲最近不但都正常吃午餐跟晚餐，而且每天都有劇烈運動喔！」

隆恕：「喔？眞是難得。最近都做什麼樣的運動？」

妘蘭：「這陣子都跟我新認識的那個朋友一起打網球，他的球技很棒。」

隆恕：「我也很會打網球喔，不過那是年輕的時候打的，後來就沒有時間了，我兒子住在家裡的時候，我們假日也常會去打網球。」

妘蘭：「你兒子？從來沒聽你說過呢！」

隆恕：「也沒什麼，他現在都在忙自己的事情，很少回家。」

妘蘭覺得隆恕不想多談，因此也沒追問：「喔。」既然隆恕的網球很厲害，妘蘭想從隆恕那裡得知接快速殺球的方法：「我現在有一個關卡一直無法突破，就是快速殺球，我的動作永遠比球慢了許多。」

隆恕：「這妳就問對人了，快速殺球是我的絕招呢！要接快速殺球一定要用反手拍來接，而且要讓拍子與地面成四十五度角，球來的時候，你只要抓住它的落地點，拍子就移動到對方殺球及落地點的運動軸線上就可以了，這樣就不用被球的速度給弄得眼花撩亂了。」

妘蘭一聽，覺得似乎可行，再與之前自己一直追著球跑的糗態相比，隆恕的方法似乎優雅多了，心中相當高興地抱著隆恕：「謝謝你！看樣子我這個禮拜之內就可以打到快速殺球了！」

隆恕看著妘蘭快樂的表情，有點吃味：「怎麼這麼高興啊？」

妘蘭解釋道：「因爲我那個朋友說我一定沒辦法在一個禮拜之內打到球，我想要給他點顏色瞧瞧，看他還敢不敢瞧不起人。」

隆恕：「那麼在意他的看法呀？」

妘蘭撒嬌：「你也知道我這個人就是輸不起嘛！」

隆恕看著她的一臉無辜，心中有點擔憂。

＊　＊　＊

星期一，妘蘭期待的日子又到了，在衛明家吃完飯後，兩個人又一同上網球場打球。妘蘭心中惦記著隆恕教她的方法，打了好幾次，一方面因爲想著該怎麼打的技法而分心，一方面也因爲球速實在太快了。不過衛明察覺到她似乎掌握了拿拍子的方法：「雖然沒打到半顆球，但妳確實是有點進步。」

妘蘭：「先別那麼快下定論。」

於是兩個人在十幾次的努力中，妘蘭終於感覺到球拍上令她吃力的重量。她不敢相信地瞪大了眼睛，雖然打的是界外球，但那突如其來的感覺令她嚇了一跳，接著有發自內心的感動。

衛明見著她的驚喜：「打了幾十球，也總是會打中一球吧！而且還是打到界外，妳的自我要求太少了，太容易滿足了吧！」

聽到衛明的這番話，才提醒了妘蘭：「好吧！我就證明給你看。」

果然，之後的幾球約三分之一也都被妘蘭接到了，只是整個方向還沒能掌握好。衛明稱讚：「的確有進步，不過要妳能掌握回球的方向，以及每球都能接到才算成功。」

妘蘭又用心地打著，逐漸能夠掌握接球的手法，回球的方向及速度也漸漸穩定，而且幾乎每次的殺球都能接到。兩個人已經累得氣喘呼呼，一反之前都是妘蘭先喊累，衛明建議：「好啦，我承認妳的學習速度的確很快，我可以休息了嗎？」妘蘭的眼神終於才能回神似地，眼中泛著感動的眼淚，向衛明抱了過去。衛明摟抱著柔軟又溫熱的妘蘭，原先的讚賞化為一股暖意，妘蘭身上的感動化爲激動，兩人看著對方充滿柔情而又紅潤的嘴唇，慢慢地接近彼此的嘴，激動地擁吻著。衛明搓揉著妘蘭的背膀，妘蘭更將身體貼近衛明，在他的懷中蠕動著。

兩人的激動帶領著他們回到衛明的住處，在沙發上，衛明粗糙而有力的右手，順著起伏的「恤，搓揉著她柔軟而膨脹的雙峰，妘蘭不時隨著衛明的移動退而呻吟，整個上身無力地靠在衛明的左手臂中，衛明有點鬍渣的嘴巴粗魯地撫觸著妘蘭纖嫩的脖子，那種刺痛感，更將妘蘭的身子蜷縮進他的懷裡。衛明也不可自拔地被妘蘭的身體以及呻吟勾引著，抱著妘蘭豐滿的臀部，朝他雄偉的身體靠近，隨著她的擺動，衛明將妘蘭抱向他的床鋪。看著仍在騷動的妘蘭，衛明褪去妘蘭的上衣，露出胸罩裡豐滿而有彈性的胸部，他將妘蘭的胸部擠出胸罩，不住地吸吮著、嚙咬著、搓揉著、逗弄著她的雙峰，又讓他的鬍渣刺激著她，妘蘭的整個身體劇烈地抖動著。

這時，電話聲忽然響起，兩人逐漸恢復了理智，之前的熱烈也被這突如其來的聲響澆熄。趁衛明到客廳接電話的時候，妘蘭整理好全身的衣物，之前的淫欲還殘在著，但理智也斥著她這樣太過分。衛明接完電話後，在客廳的沙發椅上坐下，見妘蘭走出，過去撥了撥她有點凌亂的頭髮：「要回去了嗎？」

妘蘭羞赧地點點頭。衛明載妘蘭到敦南誠品，兩人在路上不發一語。

隆恕才一進門，臉上掛著疲憊與哀傷，見到正上前迎接的妘蘭，就緊緊地將她抱進懷中，整個臉靠在妘蘭的肩頸間的弧度裡，就這樣依偎著妘蘭。妘蘭靜靜地撫抱懷中這受傷的男人。

隆恕緩緩抬起身子，妘蘭邊撫觸著他的右手，邊輕柔地關心：「你怎麼了？發生了什麼事？」坐到床上時，隆恕又輕輕地抱著妘蘭，妘蘭知道，他還沒有準備好讓自己知道他的處境。「是家裡的事嗎？」這不是他應該出現的時候，這個時間應該是屬於隆恕妻子的。

隆恕聽到妘蘭的問話，更抱緊了她，妘蘭肩膀感受到隆恕緩緩的點頭。妘蘭伸手撫摸隆恕的頭髮：「如果你想告訴我的話，我願意等……我會一直陪著你的。」這樣的話，像是對隆恕，也像是對自己的承諾，這一刻，她下定決心永遠陪伴著隆恕，她看到了他們對彼此的需要，她知道，如果隆恕失去她，他那殘破的靈魂將無處定泊，而她如果失去隆恕，她也將無法在漠然的人群中，尋找到足以取暖的爐火，「即使衛明也是如此」，她從以前的感情經驗中，獲得年輕感情不可靠的歸納。她忽然對於自己與衛明的那一切感到後悔，也對隆恕深感抱歉。因此，她決定向衛明宣告她與隆恕之間的關係。

向他坦白。

第二天，隆恕起床上班後，妘蘭立即趁著自己的決心仍然堅定的時候，打了通電話約衛明，以

與衛明見面時，上次的激動不覺縈繞著妘蘭，她努力地抑制住那種感覺。他們進到一家半咖啡廳的複合式Pub，店內供應酒類及咖啡，所放的歌曲偏向搖滾或迷幻，但音樂聲不像一般Pub嘈雜，每張椅子都放有一座典雅的黃色小飾燈，整個店面的風格溫馨多過熱鬧。

衛明的內心相當緊張，從妘蘭早上打給他的嚴肅語氣「我有話想告訴你」，他猜測出妘蘭要宣讀他只是她好朋友的判決，這樣的結論一發佈，他與妘蘭的進一步關係更是渺茫。

妘蘭也帶著一臉嚴肅，衛明的確深深打動著她，跟他相處的時間都是快樂的，但是她不可能爲了衛明而放掉與隆恕間的相互依賴，及難得的愛戀。但她確實害怕會失去衛明，害怕失去那種相知相惜的情感。

倆人默默地啜著酒，假裝聽著音樂，沒有人敢先開口。終於，妘蘭知道調整或打破這段關係的責任在她身上，於是開口坦白自己心中的想法：「衛明。」

衛明抬起頭看著妘蘭：「妳今天好嚴肅，令人害怕。」

妘蘭：「我是想向你道歉的。」

衛明心想「果然」，但卻裝傻地問：「什麼事情那麼嚴重啊？」

妘蘭：「有件事我一直瞞著你……」見衛明沒說話，妘蘭繼續：「我……其實有很要好的男朋

友。」
上次在公園內，衛明就非常確定妘蘭已經愛上他了，只需要再多一點時間，妘蘭就有可能奔向他的懷抱。只是當他聽到妘蘭提出她有男朋友的事，表示妘蘭對他們可能的進展有所抗拒。衛明想從妘蘭口中確定她對自己的情感：「妳爲什麼要瞞我？」
妘蘭：「我很喜歡你，也可以說我可能愛上了你，可是……我沒有辦法愛著那個男人，又繼續對你投入感情，那讓我有種罪惡感，至少，我不希望欺騙你們，也不希望因爲我的自私而傷害到你們」。
衛明：「他……是有婦之夫嗎？」
妘蘭很驚訝地問：「你怎麼知道？」
衛明雖然心疼妘蘭在感情中所扮演的角色，但仍故作輕鬆地說：「難道妳還不了解，我眞的能看透妳的心嗎？」他其實在第一次見面時就已經察覺這種可能性了。繼續說「眞的不能再給我機會當妳的男朋友嗎？」
妘蘭搖搖頭：「我跟他，都很需要彼此。」
衛明：「那我們還可以像以前那樣嗎？像好朋友那樣。」
妘蘭感動地點點頭：「謝謝你！」
衛明其實只是想守護著妘蘭，他並不奢望妘蘭會投奔向他，只是想默默地看著她歡笑。

衛明立即恢復了自然：「那麼，我就可以去妳住的地方看妳的畫了？」

妘蘭：「那有什麼問題！」

＊　　＊　　＊

雖然已經說好要當朋友，但是妘蘭的身體仍無法抑制地自動溫習著那天的情景，她的身體因爲衛明而躁熱，因爲衛明而悸動。也許是爲了平撫那種悸動，兩個人有一段時間沒有聯絡。也許是沉澱地差不多了，衛明打電話要求到她的住所看她的畫，這是她第一次邀請朋友到這裡參觀，心中不免緊張，但喜歡與朋友分享快樂的她，這時更是充滿喜悅。衛明一進門就注意到這位於東區大廈內的豪宅華麗的擺設，但很快地，他的視線就被掛在床頭的一幅男人頭部畫像吸引住，似乎不相信自己的眼睛一樣，他專注凝視了一段時間，直到妘蘭說：「我畫的。」

衛明目不轉睛地盯著畫：「他……就是妳的男人嗎？」

妘蘭不解地回答：「嗯。怎麼了？」

衛明：「他……姓什麼？」

妘蘭察覺到衛明的不對勁：「姓姜。你到底怎麼了，不舒服嗎？」

衛明神色痛苦地說：「沒……沒什麼。我的頭很痛……我先回家了。」

妘蘭擔心地建議：「我拿藥給你擦，你先躺在這裡休息一下好了。」

衛明匆匆開門：「不用了，我回去了。」不等妘蘭的反應，他就逕自離去。留下妘蘭一臉疑惑地注視著那幅畫。

＊　＊　＊

衛明渾渾噩噩地回到家，就見到玉華站在門外等候。「你回來了？我等了你好久。」察覺衛明臉色不對，玉華馬上向前慰問：「你怎麼了？身體不舒服嗎？」衛明完全無力回應玉華，逕自開了門走進屋裡，之後的幾天，他都只是不斷喝著酒。玉華擔心衛明的狀況，因此連續幾天都到他的住處探訪。雖然他與妘蘭相處的時間並不長，而且發現真相也才幾天，衛明就感覺到前所未有的痛苦，他知道再這樣下去他會崩潰掉。玉華眼見機不可失，建議衛明搬家，以防妘蘭找到他然後復合，衛明則是不願意再繼續之前與妘蘭的關係，所以毅然決然地搬到一個距離她很遠的地方。

玉華不時地前往探視衛明，衛明在清醒時也奉勸玉華不必費心，表明自己不會跟她在一起的立場，但玉華卻無法忍受自己的魅力在衛明看來不如妘蘭的事實，於是費盡心思地想要與衛明重歸於好。衛明一直不願意接受，只是當玉華講了一句話：「如果她知道你有女朋友的話，我想她就會對你完全死心了。」於是，他逐漸試著放開心再接受玉華。

玉華當然也感受到衛明對她態度的轉變，於是幾乎每天都到衛明住處報到，並且竭盡所能地討好衛明。

一天，她帶著早餐去探望衛明，按了幾次電鈴之後，衛明才睡眼惺忪地起床開門。玉華提起手上的早餐說：「你看，我買了你最愛吃的那一家蛋餅和奶茶。」

看著玉華手中的早餐，衛明睏睏地問：「現在幾點了？」

玉華以爲會被讚賞地說：「九點，這家早餐店只開到九點的，所以我趕了一大早特地起來幫你買早餐。」

衛明看著她手上的早餐，一點也提不起胃口，不耐煩地說：「妳又不是不知道我最近都到天亮才睡，剛剛好不容易睡著，又被妳吵醒，妳覺得我會有心情吃早餐嗎？」接著就走回床上睡覺。

玉華跟著進去，看著閉目躺在床上的衛明，回想他們以前的相處，衛明總是早早起床，幫她準備好早餐，總是她不耐煩地說：「我還要睡覺，不想吃早餐。」她現在終於知道那種熱心付出卻得不到善意回報的滋味，她深深覺得對衛明相當愧疚。

玉華極力地希望他們能夠回復到以前的狀態，但他們在衛明家的活動，都像是一般朋友的關係。衛明煮東西已經不像以前那樣用心，也不再去介紹食物，或者大談那道菜餚的典故，冰箱裡有什麼就煮什麼，完全不把玉華當作情侶或想追求的對象看待，不但如此，還偶爾會跟玉華說：「今天沒有什麼好吃的，妳要不要自己出去吃？」

玉華當然忍受不了這樣的對待，於是特地買了材料跟食譜，到衛明家親自下廚。但是，衛明總是讓玉華一個人在廚房忙，而且不論食物煮的成功與否，衛明也都完全不在意。有一次，玉華故意把食物弄得很難吃，「就算被他罵也好」，她偷偷觀察衛明吃那道菜時的反應，但得到的卻是沒有任何反應。這讓玉華相當氣餒，覺得他們不應該只是待在家裡。

這天，玉華建議：「我們今天去吃日本料理好嗎？」

衛明淡淡地回答：「我想待在家裡自己隨便弄點東西吃就好了，妳可以找妳的朋友一起去吃日本料理。」

玉華這才了解衛明的固執，那是她以前從來不知道的，總以為衛明是個不太會耍脾氣的人，現在她才明白，原來是因為衛明那時候太愛她了，她很難過當時並沒有珍惜衛明的用心，但現在，她必須那麼努力地討好他，都沒有辦法得到他的一絲注意。

這天傍晚，玉華工作完之後，照常來到衛明的住處，發現門沒鎖，就擅自推門而入。看見衛明喝得醉醺醺地躺在床上，在昏暗的月光中，看見玉華走近，他口中唸著：「妘蘭！妘蘭！我好想妳喔！妳知不知道？」玉華順應地躺進他的懷中，心中相當難過，但也希望代替妘蘭來安慰憔悴的衛明。衛明緊緊地抱住玉華痛哭一番，將玉華的身體揉進他的懷中，玉華的整個身體因為這樣的搓揉而亢奮，早已膨脹的雙峰，不斷地被揉擠進他的胸口，他的右手從玉華的背部，慢慢地搓向她的腰際，然後激動地搓揉她早已過於興奮的翹臀。他用雙手粗魯地撥動著她的臀部，她也跟著他的動作擺動著臀部及整個身體，衛明的指尖從她的股間滑向她下體興奮的淫水，不覺興奮地膨脹著他的雄偉，他更將手指探入她的森林地帶，直到得森林佈滿水分。

她背對著他，擺動臀部挑逗著衛明，衛明雙手擠壓玉華柔軟有彈性的胸部，興奮的感受直衝頭頂。玉華起身坐上衛明的雄偉處，不住地來回挪移，接著，玉華脫去衛明以及自己的上衣，用酥胸在衛明的胸口前搓揉著，兩個人的乳頭早因太過興奮而漲紅。玉華繼而脫掉自己的裙子，並費力地將已經喝醉的衛明的褲子脫去，然後直接將他的雄偉擠進她最敏感之處。玉華跟衛明以前的性愛從來不曾如此刺激，這是玉華第一次感受到如此動人心絃的激動，她知道，這是屬於衛明與妘蘭的情慾，是衛明對妘蘭才有的情慾，想到這裡，不禁讓她妒火中燒。

第二天中午，衛明翻身時碰到睡在旁邊玉華的身體，忽然驚醒，看著赤裸裸的玉華及自己，心中有種焦慮與不安，他趕緊穿上上衣及褲子，坐在床邊一支接一支地抽著Davidoff，昨天與妘蘭的翻雲覆雨如夢般縈繞在他的心中，他又看看正在熟睡的玉華，「難道昨天……真的發生了什麼……跟玉華嗎？」他的心中有種不祥的感覺。這時，玉華醒來，一臉幸福地對衛明微笑，她坐了起來，直接吻上衛明的額頭，宛如新婚夫妻般。衛明見狀有點閃躲，但還是讓玉華的吻成功地落在他的額頭上。他看著玉華，一臉憂鬱地說：「昨天……是不是發生了什麼事？」

玉華裝出害羞的樣子點點頭。

衛明有點不知所措：「我想……我應該要誠實對妳交代，昨天……我喝得醉醺醺地……把妳……當作妘蘭。」

玉華早就知道了，只是裝出一臉受害狀，委屈地說：「你把我當作是妘蘭，才對我……」

衛明不予否認：「我真的對妳很抱歉，我們不應該那樣的。」

玉華又說：「爲什麼不能跟我發生關係呢？你不是想要遠遠地離開妘蘭嗎？爲什麼現在又要爲她守候呢？你是不是還期待能夠有一天跟她在一起呢？」

衛明想到妘蘭跟父親的關係：「不是那樣的，我跟她已經不可能有什麼關係了，只是……我還需要一點時間把她忘記。」

玉華很體貼地安慰他：「昨天……我不怪你，我願意等你到願意跟我親近的那天。」

衛明看著玉華，感受到她對他的容忍，這是她以前絕對不可能忍受的待遇，但他又有點愧疚，不知道什麼時候才能眞正讓玉華快樂。

＊　＊　＊

連續幾天，妘蘭不時打電話想慰問衛明的病情，但卻一直沒有人接。「會不會病得很重呢？」妘蘭相當擔心，於是開車前往衛明的住所。

「叮咚！叮咚！」任憑妘蘭怎麼按鈴，都始終不見衛明應門。這時，剛好隔壁住戶有人回來，於是妘蘭上前指著衛明的住處詢問：「請問一下，妳最近有沒有看到這裡的房客？」

鄰居：「他已經搬走了，現在沒有人住在那裡。」

這個回答出乎妘蘭的意料之外，楞了一會兒，才又趕緊問：「那……妳知不知道他搬到哪裡了？」

鄰居搖搖頭：「不知道，他只跟我們招呼一聲就走了。」

妘蘭：「那……他是哪時候搬走的？」

鄰居想了一下：「好像是……上個禮拜吧！」

妘蘭回想他們最後一次見面是上上個，她直覺衛明的搬遷跟那幅畫有關。忽然，她意感覺到自己一陣心酸，一股莫名的失落感湧上。「難道他證實了我是情婦，就不想跟我作朋友了嗎？不會的，他不是那樣的人。」沿著衛明帶妘蘭走過的小路，抵達了東區的住所。

又連續打了幾天電話，妘蘭終於放棄尋找衛明的蹤跡。

＊　＊　＊

實在無法忍受那種莫名其妙的無力感，妘蘭到咖啡廳找賈曼，想要從賈曼那裡更了解衛明的狀況。

賈曼見到妘蘭高興地笑著，並且疑惑地說：「衛明沒有一起來嗎？」

妘蘭：「你上次說我可以單獨來這裡問你他的狀況。」

賈曼似乎感到事態嚴重：「你們發生了什麼事？」

妘蘭：「他這幾個月有來找你嗎？」

賈曼：「從你們上次來之後，他就沒再過來了。」

妘蘭：「他的事情都會讓你知道嗎？」

賈曼：「我都是事後才知道的，在事情發生當時，他總是一個人躲起來療傷，頂多就是找我一起大肆酗酒。」

妘蘭：「你上次說他發生什麼事令你擔心？」

賈曼：「妳不要看他好像體貼人的陽光男孩，他那個人的個性相當強烈，就我所知他這樣兩次自暴自棄的狀況，第一次是他離開家的那段時間，持續了將近半年，後來因為玉華，就是上次妳看到的那個女孩子出現，才見他快樂了些。第二次就是玉華跟衛明的好朋友在一起的那件事，將近有兩年的時間，他都相當消沉。你們到底發生了什麼事？」

妘蘭：「其實我也不知道，他在某一天忽然不告而別，完全失去蹤跡。」

賈曼相當驚訝：「不太可能呀，他是一個非常負責任的人，應該不會不告而別，除非他確定了什麼令他震驚的事，即使如此，他也應該會找妳談清楚的。」

妘蘭知道無法從賈曼這裡得知任何訊息，疲累地告別了賈曼。

＊　＊　＊

見妘蘭這陣子悶悶不樂，常常心不在焉，隆恕相當擔心地問：「妳最近怎麼了？好像有心事。」

妘蘭原本想找一天介紹他們認識的，但還沒來得及跟隆恕分享這個對她情婦的身分完全沒有苛責的朋友，衛明就忽然消失了蹤影，她一直沒敢告訴隆恕，怕他自責無法給她一個正常的環境。但衛明的事情的確影響了妘蘭的生活，而且妘蘭也想要對隆恕傾訴她的難過，雖然猶豫了一會兒，但妘蘭仍對隆恕訴說了她的哀傷，只是她隱藏了她對衛明離開理由的疑慮，以及他們在公園裡的一切。

果然如預期所料，在稍稍安慰了妘蘭之後，隆恕自責了起來：「我眞的對妳很抱歉，之前讓妳跟許多好友疏離掉了，現在又讓妳沒辦法好好結交新朋友，我……」妘蘭趕緊安慰：「你不要這麼自責嘛！他也許不是因爲我的身分而離開，也許是因爲我有男朋友了，所以沒有興趣再跟我作朋友，也許他已經有了女朋友……有太多可能了，而且，對我來說，最重要的人是你啊！」妘蘭知道，應該是有些什麼其他的原因，應該不會是那麼膚淺的理由，但她怎麼樣都無法想像讓他不告而別的理由。不過，妘蘭也發覺到自己對衛明的在乎似乎已經超越了對好朋友的在乎：「也許是那種莫名其妙的狀況困擾我，也許是公園裡發生的一切還縈繞著吧！」她替這種現象找到自我安慰的方法，「也許過一陣子就會回到正常的軌道吧！」

隆恕也發現妘蘭對衛明的在乎，他想：「或許是因爲她常常太孤獨，而且好不容易才結交到知心的好友吧！」

在隆恕的懷中，妘蘭暫時拋開因衛明而有的困擾，又回到了兩人相互疼惜的狀況。

＊　＊　＊

又是一個妘蘭不能打電話給隆恕的時間，連續幾個月以來的低氣壓，讓妘蘭想要出去放鬆一下，這時衛明的身影又再浮現，於是妘蘭決定到他們第一次見面的那家Pub。

一推開厚重的門，震耳的音樂節奏明快，引領著舞客們的步伐。走到吧台，又點了一杯血腥瑪麗，邊啜著酒，一邊四處張望，雖然是一身的輕便裝扮，卻也像上次一樣吸引許多來搭訕的異性。忽然，她看到似乎是上次過來攀談的衛明的朋友坐在DJ台，妘蘭興奮地走上前去，在餘光中，發現了一個再熟悉不過的身影正隨著音樂擺動身體，閉著眼睛，專注而憂鬱的神情，那正是她要尋找的衛明。

她激動地：「衛明！」

在嘈雜的音樂聲中，衛明不可能聽見妘蘭的呼喚，但也許是心靈的相通，衛明正好張開眼睛，將視線放在妘蘭身上。「妘蘭？妳怎麼會在這裡？」衛明的表情從興奮的訝異，隨即轉爲冷漠。

妘蘭：「你怎麼會在這裡？」

衛明：「我在這裡當DJ。」

妘蘭：「你搬家了嗎？」

衛明：「嗯。」

妘蘭：「爲什麼都沒有通知我一聲？」

衛明轉身挑選CD：「我現在跟我女朋友在一起，就是上次妳在咖啡店看到的那個女生，也就是我以前的女朋友。」

妘蘭感到一陣心痛：「你不是說我們是好朋友嗎？既然是好朋友，也應該講一聲吧！」

衛明：「我想要給她安全感，所以我們就不要再聯絡了。」

交雜著許多無名的情緒，妘蘭默不作聲，她知道自己沒有資格要求什麼，好一會兒，終於忍痛說：「如果你覺得那樣比較好，那就尊重你的意願吧！我只是想要讓你知道，我非常在乎你這個朋友。」說完這些話後，妘蘭期待著衛明的眞誠回應，但衛明仍是一臉漠然。

妘蘭回家的路上，眼淚從心臟溢滿眼框，然後潰堤。

※ ※ ※

衛明冷漠的表情以及不告而別的理由縈繞著妘蘭，「他眞只是把我當作追求的對象嗎？他眞的不珍惜我們之間的默契嗎？他眞的不懷念以前那段日子嗎？他……眞的那麼無情嗎？」妘蘭無法面對這樣的結局，也無法承認那就是衛明，「如果沒有見面那該多好，至少還有自我欺騙的空間」。妘蘭不時這樣悔恨著，寧願面對的是不確定的焦慮，而不是這種殘酷的事實。

由於那種對這段情誼的徹底失望，妘蘭不願意自己再因這樣的衛明而痛苦，不希望衛明的影子影響了她與隆恕的感情，於是，她找了各種方法塡補那塊對衛明的思念，畫畫、逛街、買書……儘量讓自己不要空閒下來，這才發現，原來這段日子裡，衛明已經偷偷地佔據了她的心靈與時間。

＊　＊　＊

景松邀請妘蘭與美津到福華飯店吃下午茶，這段時間，景松一直陪伴著她，他看出她有心事，也知道她不願意向他透露，所以總是談著別人的八卦，回憶著大學的生活，並且也聊著他這企業小開所遇到的各色人物，這安慰著妘蘭內心的深淵。

美津見妘蘭心不在焉地，不像以前一樣參與大家的談話：「妳今天怎麼臉色這麼難看？氣色這麼差？」

妘蘭回過神來：「沒……沒什麼。」

美津：「隆恕還好嗎？」

妘蘭點點頭：「很好。」

美津：「那……那個男生呢？」她指的正是妘蘭心中的痛楚，衛明。

妘蘭顯得有些猶豫，不知道該不該說，由於整件事情對她來說太過於沉重，所以趁這個時候抒發一下，也好聽聽美津的意見：「他……不見了。」

美津以爲聽錯了：「什麼？妳說……不見了？我有沒有聽錯啊？」

見妘蘭沉默，景松無法忍受他不能參與安慰妘蘭的痛苦，不識趣地追問：「誰啊？妳們在說誰？」

美津嫌他煩地回話：「你又不認識，跟你說也沒用。」

見到妘蘭如此沉重的表情，景松也不好再追問。

美津：「什麼時候的事情？」

妘蘭：「大概三個月了」。

美津：「妳怎麼都沒有跟我說呢？」

妘蘭：「因爲我不知道該怎麼說，實在太奇怪了，不知道他爲什麼會突然消失。」

美津：「他不見……讓妳這麼難過嗎？妳……眞的愛上他了。」

妘蘭：「這點我不否認，我對他有不同於朋友的好感，只是後來大家說好要當朋友的。」

美津：「他爲什麼不見呢？」

妘蘭：「大概是因爲他確定我有男朋友，或者是他決定跟之前的女朋友復合，所以就消失了。」

美津：「就算是那樣，也沒有必要消失嘛！」

妘蘭：「之前我就是因爲這樣納悶許久，直到我們不小心相遇，當面談過後，他說是因爲希望他女朋友能夠放心。」

美津替妘蘭抱不平：「他眞是不成熟，還好妳沒有爲了他放棄隆恕。算了啦，這種人不值得妳那麼思念，有隆恕陪伴在妳身邊，妳應該覺得很幸運。」

妘蘭自知從來沒有因為他而放棄隆恕的念頭，只是他們兩人在一起的那種感覺太過於強烈了，她相信如果再久一點，她一定無法抗拒他所帶來的激動與誘惑，只是衛明並沒有給她這個機會。

景松終於聽懂她們在說什麼了，又魯莽地說：「那這樣我也可以來追妘蘭了，我以前還以為妘蘭不會對隆恕以外的人動心呢！」

美津責怪地說：「你這個人怎麼那麼不會說話啊！而且妘蘭從沒有男朋友的大學時代就不曾對你動過心，勸你不要想太多，你至少還對一個女人有責任，不是嗎？」那個女人就是指同學會上見面的英子。

景松：「妳是說英子嗎？這妳放心，我跟她早就分了，自從上次同學會，我立志要追到妘蘭之後，就跟她提分手了。」

美津：「那兇巴巴的英子沒有對你採取報復行動嗎？」

景松像是情場高手地發表他的分手秘訣：「女人嘛！她如果打電話來，我就安慰她兩句，她就乖乖地等到下次發作，我再故技重施，直到她受不了，找到別的對她好的男人，那麼，我的責任就此了結。」

美津相當不以為然：「就是有你這種男人，真讓人受不了。你想，妘蘭有可能喜歡連我都受不了的男生嗎？」

景松趕緊澄清：「我現在都很乖了，爲了妘蘭洗心革面，我想她應該會因此感動，而不計前嫌吧！」偷偷地瞄向妘蘭。

這樣聊開，對妘蘭來說比較輕鬆了，至少以後心情不好的時候，可以找美津抒發一下。

※　　※　　※

又拖著一身疲累，妘蘭累趴在床上，眼淚卻不覺滴落，這段日子以來，她才發現原來衛明在她的心中佔有如此重要的地位，因爲不想傷隆恕的心，所以她在他面前掩飾著哀傷，只是變得比較沉默。

這天，隆恕又在應該陪妻子的時間來到，滿臉愁容，妘蘭發現他額頭上的傷痕。「你怎麼啦？怎麼受傷了？」妘蘭趕緊上前探視。

隆恕抱緊妘蘭，身體微顫。

「到底是怎麼回事？不管是什麼事，都告訴我好嗎？讓我跟你一起分擔好嗎？」妘蘭直覺是他與妻子之間的問題。

好一會兒，隆恕終於開口：「我老婆跟我大吵一架，她一氣之下，就拿起桌上的杯子向我砸過來……」。

這一次妘蘭決定問清楚他跟妻子的狀況，這是她以前一直逃避的，因爲她不想要他妻子的影子常常出現在他們的關係裡，但現在，看著眼前的男人，覺得自己太過自私：「你們爲什麼吵架？」

隆恕有點意外她會追問：「自從三年前那一次，妳打電話給我的事情曝光後，她就一直懷疑我有外遇，雖然那是眞的，可是我已經盡我所能地對她好了，而且，我眞的沒有辦法離開妳。」

妘蘭又問了一個應該是很早以前就想問的問題：「你……愛她嗎？」

隆恕似乎有點不知道該如何精確回答，猶豫了一下：「我們的感情一直都很好，曾經彼此相愛，可是在六年前她出了一場車禍，一切都變樣了，她罹患了嚴重的憂鬱症，不斷地找各種理由苛責我，無論我怎麼做她都不滿意，也因此，我兒子受不了家裡的這種氣氛，才會離家出來。」

妘蘭震驚不已，一方面，眼前的這男人承受如此殘酷的對待，一方面，她想起衛明對她提起的家庭狀況……這時，妘蘭的內心湧起一股莫名的恐懼，緩緩地追問：「你兒子……現在幾歲了？」

隆恕：「跟妳同年齡。」

恐懼愈加深刻地刺痛著妘蘭：「他……叫什麼名字？」

隆恕說出了一個令妘蘭難以接受的名字：「衛明。」

眼淚不斷從妘蘭空洞的眼神中流出，隆恕似有所悟地緊緊抱住妘蘭，這時的兩人的關係，卻明顯地像是父女。眼前這個男人，就是衛明所說默默承受母親苛待的父親，就像衛明心疼父親般，妘蘭也心疼著隆恕，但更觸及到衛明離去的痛苦。

＊　＊　＊

難怪衛明一看到那幅畫就立即離去，難怪他會不交代一聲就消失，難怪那天在Pub他會那麼漠然，衛明的一切怪異的舉動終於可以被一個理由串起，只是，這樣的理由，實在是太荒誕了，世界如此之大，偏偏出現在她生命中的兩個重要男人竟然是父子關係。

她決定再去Pub找衛明談清楚，但要怎麼談呢？難道要捨隆恕而就衛明嗎？難道要跟他說繼續當朋友嗎？事情不會那麼簡單的，否則衛明不需要如此毅然地離去。雖然不知道讓如何處理，但妘蘭還是決定跟衛明見個面把話說開，於是第二天晚上，她又到Pub找衛明。

「他已經離職了。」他的DJ朋友說。

妘蘭：「請問一下，他哪時候離職的？」

DJ：「好像是上個禮拜五。」

妘蘭早就料到，是他們上次見面的第二天。「那你有沒有他的聯絡方式？」

DJ：「我現在也沒有辦法連絡上他，他搬家了，也不說他搬到哪裡。」

現在，妘蘭完完全全失去衛明的蹤跡，「不知道還有沒有機會見面」，想到這裡，心裡又是一陣刺痛。

卷五

她知道衛明正在等她的答覆，因此，她以一種決然的態度說：

「我不離開你，也不跟別人在一起……我……懷孕了。」

衛明不可置信地說：「怎麼可能！」他不敢相信他耳朵所聽到的，就僅僅那麼一次，就那麼一次的失足，會造成什麼樣可怕的後果？

他不敢想像。

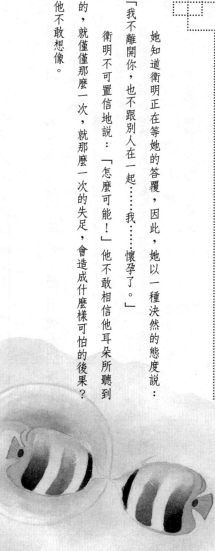

隆恕一如往常地到來，只是兩個人之間更加沉默，絕口不提衛明的事。直到這一天，隆恕主動說：「妳……愛上了衛明嗎？」

妘蘭沉默了一會兒：「我只是覺得他對我很重要。」

隆恕：「我相信他也愛上了妳。」

妘蘭：「我覺得這不是他離開的主要原因，他非常愛你。」她想起衛明跟她說希望有個女人好好愛他父親。

隆恕：「也許他不能原諒我跟妳的關係吧！」

妘蘭深知不是如此的，但他不希望她所說的原因讓隆恕退出這段感情，也許是自私，也許她感覺到隆恕對她需要。

⁂ ⁂ ⁂

日子一天天過去，但衛明卻仍無法寬心地接受玉華，原因在於，他無法再接受曾經背叛過他的玉華，而且，玉華的存在，不時提醒衛明遺忘妘蘭的努力，但這樣的提醒，適得其反地，讓衛明更無法忘記妘蘭。這時候，小志又回來想要與玉華重修舊好，但玉華卻對小志毫不動心，只是癡癡地等著衛明能再接納她，成為他生命的一部分。

但衛明自知除非離開玉華，否則不可能忘懷妘蘭，也不可能再接受其他的感情，於是，他跟玉華表明：「妳……爲什麼不再給小志一次機會？」

玉華很高興衛明終於主動想要了解她的感覺了：「因爲我很清楚，我跟他在一起不會快樂的。」

衛明：「那……妳跟我在一起就會快樂了嗎？」

玉華：「以前我們在一起的時候就眞的很快樂了，那是我擁有的最快樂時光。」

衛明：「如果我跟妳說，以前那樣的狀況不可能再有了呢？」

玉華對衛明的印象一直停留在以前那個體貼、溫柔的男孩子：「我相信我會等到那麼一天的。」

衛明：「如果我跟妳說，我不可能給妳幸福呢？」

玉華以爲衛明只是在試探她的誠意：「我會等到你願意接受我，我相信時間的力量。」

衛明猶豫地說出他的建議：「我覺得……妳還是回去找小志吧！或者把希望寄託在其他人身上，就是不要寄望我可以給妳幸福，可以跟妳在一起，妳不要再浪費時間在我身上了，那是沒有用的。看到妳，只會不斷地提醒妘蘭的存在，只要有妳在的地方，我就不可能忘記妘蘭。」

玉華相當震驚，原來衛明從來沒有眞正拋開妘蘭跟她相處的一刻，原來他對她的冷漠，不是爲了報復以前她對他的殘忍，不是因爲在乎她的背叛，而是因爲他不願意背叛已經不存在許久的妘蘭，妘蘭輕輕鬆鬆地就得到她辛苦努力都得不到的東西，她的心裡湧上一股恨意。

她知道衛明正在等她的答覆，因此，她以一種決然的態度說：「我不離開你，也不跟別人在一起……我……懷孕了。」

衛明不可置信地說：「怎麼可能！」他不敢相信他耳朵所聽到的，就僅僅那麼一次，就那麼一次的失足，會造成什麼樣可怕的後果？他不敢想像。

玉華：「是眞的，我兩個月沒有月經了。」

衛明難過地沉默了一會兒，他知道玉華不擇手段的個性，沮喪地問：「那決定怎麼做？」

玉華斬釘截鐵地說：「我要把小孩生下來。」

衛明感到身體泛起一陣寒意，不禁哆嗦了一下。

玉華又提議：「我覺得，我們應該儘早結婚，否則到時候大著肚子結婚實在不太好看。」

衛明又沉默了一會兒，於是點頭答應。

⁂　⁂　⁂

日子過得好快，望著美津懷抱的小孩，替美津充滿幸福的笑容欣慰。

妘蘭：「男的還女的？」

美津：「是個小女娃。」

妘蘭：「孩子的父親對妳好嗎？」

美津滿臉笑容：「他雖然有點失望，可是畢竟是自己的孩子嘛，在疼孩子的時候，當然也會順便疼疼我啦！想不想跟隆恕生一個啊？這樣日子比較不會無聊。」

妘蘭：「等我老一點再說吧！我想要先把重心放在繪畫上。」

美津：「下次什麼時候辦展覽？我帶我女兒去看。」

妘蘭：「下個月。妳女兒看得懂嗎？」

美津：「那麼快？上個月不是已經辦過一場了嗎？看哪一天妳成名了，可要讓我女兒沾沾光，因爲她可能是看著妳的畫長大的呢！妳有沒有帶傳單？多拿點，我可以去畫廊發。」

妘蘭從皮包拿出兩張精緻的傳單，上面印著妘蘭那幅野薑花，這也正是這次展覽的主題：「只有這兩張，一張本來是我要自己留著的。」

美津：「妳還眞是沒有行銷概念，應該隨身攜帶才對啊！對了，妳跟隆恕現在還好嗎？有沒有因爲衛明的關係而改變？」

妘蘭：「那已經是很久以前的事了，這次的畫展，其實也代表了一種舒展的心境，當一種原本因爲在意而隱藏的事，一旦決定公開，那就表示已經整理好自己的情緒了，不是嗎？」妘蘭知道，與衛明的那一段對她來說是重要的，但是心情卻已經平撫到不逃避碰觸與衛明有關的一切。

※ ※ ※

開展酒會，許多受邀的朋友、畫家及收藏家相聚，頻頻稱讚妘蘭所畫的野薑花。妘蘭手握雞尾酒杯，一一與訪客寒喧。這時，她感受到曾令她心碎的身影，瞧個仔細，不可置信地緩緩輕聲：

衛明難得地穿著正式的服裝向她走來：「恭喜妳！連野薑花的情緒都畫出來了，這次的畫展應該會很成功。」

妘蘭仍呆著，聽見衛明介紹身邊的女伴：「這是玉華，妳們見過面的。」

妘蘭這才注意到玉華的存在，客氣地寒喧幾句。

衛明拿出一張喜帖：「這是我們的喜帖，下個月結婚。」

妘蘭震驚，呆了一下：「結婚？隆恕知道嗎？」

衛明：「我來之前回家跟他交代過了。」

「原來還沒打包好啊！」妘蘭輕易地被衛明的出現又挑起了情緒，這才發現原來一切的平復與不在乎都只是自欺欺人。她強忍著內心的激動，成功地扮演好畫展主人的角色。但也在一旁的景松看到了，靜靜地拍著妘蘭的肩膀，妘蘭感受到景松細心體貼的一面，之前的堅強，突然潰堤，滴滴的淚珠暗自落下。

「衛明？」

※　※　※

衛明結婚當天，妘蘭將自己藏匿在住處內，感受到未曾有過的虛脫，整個人空洞地呆坐床緣。

星期六，隆恕照例來到，妘蘭再也無法顧慮到現實之間的衡量，哀傷地對隆恕說出她的決定：

「隆恕，我想跟你說件事情，請你不要太難過。」

隆恕似乎早就猜到：「妳是不是想要離開？」

妘蘭自責地點點頭：「我眞的很抱歉我眞的希望能夠陪你一輩子，可是我覺得再繼續下去，對你其實是殘忍的。」

隆恕緊緊抱住妘蘭，知道這次妘蘭的決心：「妳不用擔心我了，也許衛明會搬回來住，那麼，我也需要多一點時間陪伴家人，妳儘管到妳想去的地方吧！如果寂寞，一定要跟我說，知道嗎？」他強忍住心中的悲痛，體貼地安慰著她。

妘蘭難過地望著隆恕：「我眞是糟透了，你是這麼好的一個人，而且我也深愛著你，可是我卻……」

隆恕阻止她的自責：「感情眞的很難勉強，這點我可以體諒，妳就安心地離去吧！決定哪時候要走的話，我可以來幫妳送行。」

妘蘭：「謝謝你，我打算這兩天就離開，不過我想要獨自離去，你不用來了，以免大家難過。」

隆恕了解妘蘭，並不堅持自己的意見：「那今天晚上我留在這裡陪妳，可以嗎？」妘蘭啜泣地點點頭。整個晚上，兩人緊緊相擁。

＊　＊　＊

玉華嫁進衛明家後，一天，忽然他看到玉華到廁所拿著衛生棉，於是問她：「妳不是懷孕嗎？為什麼要用衛生棉？」

玉華一時忘了自己撒的謊，但仍故作鎮定地說：「之前原來是我的月經延遲了，才會幾個月沒來，以前都不會這樣的，不知道那時候爲什麼會這麼異常。」

衛明簡直覺得五雷轟頂，即使之前無法接納玉華，但如果談到相處在一起，衛明還是可以接受的，但現在，他知道玉華爲了跟他在一起而欺騙他，衛明知道他永遠沒有辦法跟這種人相處，他清楚地看到自己以及玉華之後的悲慘命運。

⁎　⁎　⁎

自從衛明結婚搬回家後，他總見父親悶悶不樂，連笑起來都充滿了哀愁，再加上他觀察到父親都準時回家，連假日都很少出門，感到相當納悶，他都是什麼時候去見妘蘭的呢？他的心中一天增加了一些不安。他打妘蘭的手機都是空號，不時注意她畫展的動向。一天，衛明偷偷跑到父親與妘蘭的住處，按了門鈴沒有人接，也不時在附近徘徊，或到誠品待一整天，就是從未見到妘蘭出現。不祥的預感逼迫他當面向父親求證。在深夜裡悄悄走到父親的書房，見到父親將手肘靠在桌上，雙手用力托著前額。他敲敲半開的房門。

隆恕轉頭，將雙手放在桌上：「衛明，什麼事？」他指示著衛明坐在附近的椅子上。

衛明：「爸！你還好嗎？最近看你悶悶不樂。」

隆恕掩飾著他的哀戚：「有嗎？」

衛明朝房門的方向看了看：「妘蘭還好嗎？」

被衛明這樣一問，隆恕無法再隱瞞了：「她離開了，還沒有跟我聯絡。」

衛明感到難過：「她爲什麼離開？」

隆恕不想衛明懷著罪惡感，也害怕說出眞相後，會改變現在平靜的生活：「她有自己想過的生活，我沒有資格綁住她。」

衛明隱隱感覺到自己對父親造成的傷害，無言以對。

隆恕補充：「其實現在這樣也挺好的，妳母親最近心情好多了，這樣陪伴著她，像是回到我們年輕的時候那樣。」

衛明聽了相當心酸。

自從跟父親談過後，他更是頻繁地尋找著妘蘭，常常往他們第一次認識的PUB，以及他們去過的地方跑，但都相當失望。衛明常常藉口出門，且最近對玉華的態度更加冷淡，使得玉華起了疑心，幾次的跟蹤，發現衛明常在妘蘭住所附近徘徊。這天，衛明又要出門，玉華忍不住質問：「你的工作有需要那麼常應酬嗎？」

衛明不想找任何理由，於是沉默地走向門口。

玉華趕緊跑過去擋住他的路：「不要走！你說，你到底要去哪裡？」

衛明：「妳不要擋路，讓我出去好嗎？」

玉華：「你是不是要去找妘蘭？是不是？」

衛明有點訝異，但仍不吭聲，試圖推開玉華。

玉華：「你既然娶了我，就好好的對我嘛！有本事你當初就去把她追到手啊！爲什麼現在要再去找她？」

衛明沒有跟玉華提過父親與妘蘭在一起的事，而且玉華似乎也沒認出當初她目睹跟妘蘭一起進大廈的中年男子就是隆恕。

衛明終於忍不住：「當初妳騙我妳懷孕，所以我才娶妳的，妳還記得嗎？」

玉華聽到這麼殘酷的回答，幾近崩潰，再也無力阻擋衛明步出家門。

三個月後，隆恕告訴衛明妘蘭打電話來說她出國深造的事，讓他放下尋找她的那顆心，家裡發生的一切，隆恕是知道的。隆恕其實早就知道他們兩人是彼此相愛的，畢竟妘蘭和衛明都是他最親近的人。

但是衛明覺得自己無法再跟玉華相處，也沒有辦法忘記玉華爲了綁住他而使用的卑鄙手段，於是在一次的爭吵中，向玉華提出離婚的要求。「我們離婚好嗎？」玉華聽到這句話，眼淚崩堤：「我不要，我死也不要跟你離婚，你還說我騙你，當初你也是想利用我來忘記妘蘭的，不要以爲我不知道你的計謀。」

衛明：「當初眞的很抱歉，但是如果不是因爲妳說妳已經懷孕了，我也不會娶妳的。」

玉華歇斯底里地哀求：「你說，她哪一點比我好？」

衛明：「她很能了解我，而且我們很有默契，跟她在一起很快樂。」

玉華：「那跟我在一起就不快樂了嗎？你怎麼那麼殘忍。」

衛明：「眞的很抱歉，我不是故意要傷害妳的，因爲我眞的沒有辦法給妳幸福，這樣下去，我們兩個人都會很痛苦的，妳懂嗎？」

玉華：「難道要我放著你們去快活嗎？沒有那麼容易。跟你說一件非常不幸的消息，這次我眞的懷孕了。」

玉華從自己的皮包中拿出一張紙，硬生生地塞進衛明的手中：「這是醫生證明，已經兩個月了。」

衛明不願相信地看著鐵證如山的診斷書，只覺得茫然而無助。

* * *

出國進修的兩年，妘蘭只打了那一通電話給隆恕，告訴他她出國的消息，但並沒有留給隆恕她的聯絡方式。在這段期間，她努力地學習著藝術相關理論及技巧，並且逛遍了西方的博物館及美術館，紮紮實實地被當地的藝術染了一回，也更能夠掌握自己想要表達的感覺。學業結束後，妘蘭一回國就有畫廊跟她接洽要辦畫展，在對方的盛情之下，妘蘭答應了。這時妘蘭正參加她的展宴，場面相當隆重。回到台灣有種親切的熟悉感，但兩年沒有與台灣的畫界接觸，而且自己的畫風也改變了，所以見到的盡是以前沒接觸過的陌生。

「妘蘭！」聽到有人叫她的名字，妘蘭轉過身。

「衛明！」沒有想過還有機會見到他，他依然那麼俊俏，只是比以前多了點滄桑。衛明以一種歉疚的眼神看著妘蘭：「有空嗎？我們出去走走，聊聊好嗎？」

妘蘭猶豫了一下，雖然知道應該跟衛明完全斷絕關係的，但卻又忍不住想聽聽他這幾年來的狀況，她打量了一下，似乎沒有什麼特別需要處理的事務：「嗯。」

走出了展覽場，沿著綠蔭小徑走著，衛明：「妳這幾年好嗎？」

妘蘭仰望著前面的天空：「嗯，出國留學，對很多事情有不同的感受，蠻好的。你呢？這幾年如何？」

衛明：「玉華，我老婆生了個男孩，我父親跟母親現在感情比以前好，當然母親有時候還是沒辦法控制情緒，不過症狀都比以前輕微了。」他又吞吞吐吐地說：「我父親爲了妳相當難過。」

妘蘭心頭一酸：「我知道，那樣對他不公平，但我有出國的理由。」

衛明：「我父親很想妳，妳要不要再跟我父親見個面？」

妘蘭：「我想不用了，請你轉告他我很好，請他保重身體。」她知道隆恕對她的感情，不想再去挑起他心中任何的期待。

衛明：「我父親……」

還沒講完，就被妘蘭打斷，她終於激動地問出她內心的自私：「爲什麼你都只顧慮到你的父親？爲什麼你從來沒有想過我的感受？我很愛你父親沒錯，但你所做的一切都對我很不公平，你知道嗎？」接著眼淚不覺流下。

衛明看著妘蘭，又想到玉華的狀況，不知道如何啓齒，終於，他雙手搭著妘蘭的雙肩，將妘蘭的視線轉向他，他決定說出他的內心：「我好愛好愛妳，自從第一次見到妳，我就愛上了妳，後來在顏料行巧遇，就決定了妳是我下半輩子的愛侶，但是，我沒有辦法傷害我父親，他有妳這麼棒的女孩相伴，我應該覺得欣慰才對……」

妘蘭眼眶含淚地看著他：「所以你就這麼殘酷地對我嗎？你太自以爲是了吧！」

衛明痛苦地說：「我知道只有那樣妳才會眞的放掉我，我要妳恨我，我要你們回到原本的感情軌道啊！」

妘蘭忍痛地說：「反正一切都已經過去了，我也重新找到我的生活了，以後我們還是不要再見面了。」

說完，轉身向會場走去，衛明緊跟在她後面，想要說些話來稍稍冰釋妘蘭對他的恨意，也希望能替他之前的作爲贖罪，但他怎麼也無法開口，因爲他知道，現在的他無法給妘蘭任何承諾。

兩年了，妘蘭還是沒有辦法將衛明從她的生命中抹去，還是有種強烈的遺憾，妘蘭相信，那會是一輩子的遺憾，但是，她無法遺忘衛明對她的殘忍，也無法排解她在衛明跟隆恕父子間關係的糾結。

兩個人邊走著，邊沉澱整理了一下情緒後，到達會場裡，妘蘭一眼就看見特地來捧場的景松站在門口迎接著她。在她出國的這段時間，景松也常常到法國探望妘蘭，並且介紹他在當地的朋友給妘蘭認識，讓妘蘭很快能夠熟悉那裡的環境，也不會因爲身在異地而感到寂寞，她非常感激景松這段時間以來的陪伴與關心，也因此，她不再排拒景松的追求。

對於感情觀察相當敏銳的景松看到他們兩人一前一後走來，對著之前因爲哭過而微紅的妘蘭體貼地微微一笑，妘蘭伸出左手，搭著景松跟著伸出來的手跨過門檻。衛明見著了，知道他們的一切已經不再可能，於是向景松禮貌性地點點頭，隨即直接離開展場。

衛明邊開著車，邊想：「這樣也好。」但遺憾的眼淚不禁從他日漸滄桑的臉龐滑落。

※　※　※

妘蘭回國後的每場畫展都可以看到景松的身影，他總是開車接送妘蘭往返家中，幾乎已成爲人人稱羡的情侶，在畫壇中傳爲佳話，當然也都傳進了衛明的耳裡，他的心中五味雜陳，但卻衷心地祝福妘蘭有段完整而美好的感情與婚姻。

同學們也都異口同聲地說：「景松爲了妘蘭眞的變了。」妘蘭非常相信這一點，她確實沒看過景松這樣專注地對待一個女生，對於景松，她不免有些愧疚，畢竟心底深處會永遠藏著一個不可能在一起的人。只是，一個人的生活太孤單了；只是，害怕自己控制不住不應該的思念。

* * *

這一天，景松又開車來接妘蘭，應景松之邀，兩人一起到陽明山上一家高級餐廳吃晚餐，一路上，妘蘭回想著她與衛明那一次上陽明山的種種，懷念當時那種樸實的快樂。

景松訂了一個靠近窗邊的位置，夜景很美。妘蘭靜靜地看著窗外，聽著現場的小提琴演奏。景松從口袋裡拿出一個高貴的絨布拿子，放到妘蘭面前：「請妳接受。」妘蘭打開盒子，看見鑲有鑽石的戒指，雖然心中早已做好決定，但卻仍有些震驚，心想「這麼快就走到這一步了」。見妘蘭拿起戒指，景松趕緊幫她把戒指套進右手的無名指，接著用雙手捧著她的右手，並用雙唇親吻：「哪時候要去見我父母？他們一直詢問我們的婚事。」

妘蘭：「下個月初好嗎？我父母也會回台灣，到時候一起見面。」

景松拉著妘蘭的雙手，深情地說：「妳知道我等這一天等了多久嗎？妳知道我看到妳戴上這只戒指時，我有多麼欣喜嗎？」景松總是把他的感覺誠實地化成語言，希望妘蘭能夠眞正了解他的用心。

她望著窗外，回想幾年前衛明帶她去過的陽明山，感慨著同樣是在陽明山，卻與不同的人，感受著不同的情調。雖然遺憾她與衛明的情緣如此之薄，但面對景松的求婚，她沒有一絲猶豫。看著手上的戒指，妘蘭的心中沒有一絲喜悅。

＊　＊　＊

果然是企業家的排場，男方在君悅飯店訂了將近二十坪的包廂，一進門首先注意到的是許多水晶薄片裝飾的大型燈，在距離門口不遠處是鑲著水晶厚片的原木大長桌，配有與桌子同色的咖啡色毛料寬椅，再過去則擺置了舒適的沙發桌椅，整個包廂有兩面是玻璃牆，在繁華的都會區來說，視野相當不錯。

景松的父親也有中年企業家的寬廣身材，慈眉善目中帶有智慧的眼神。母親乍看之下是個得體的賢內助，但卻不時展露出精明的幹練。景松的父母不時觀察著妘蘭，顯露出滿意的表情，向妘蘭的父母稱讚教出這麼好的女兒。妘蘭的父母也不時稱讚景松，由於妘蘭父母不常回國，因此兩家敲定下個月的結婚時間。雖然妘蘭覺得有些倉促，但仍不便表達她的意見，只聽從雙方家長的安排。

在這一個月中，景松帶著妘蘭走訪幾家有名師設計的結婚禮服店，幫妘蘭買了幾件她看上的禮服。妘蘭覺得有點浪費：「禮服用租的就好了，反正只會用到一次，花那麼多錢買禮服有點浪費。」

景松：「就因爲結婚禮服只穿一次，所以才顯得有紀念價值，不是嗎？就像拍婚紗照一樣，用來紀念這難得的日子。我一點都不覺得是浪費。」

妘蘭並不喜歡景松的金錢觀，但心想也許是因爲自己與景松對待這次婚禮的心態不同，所以並沒有堅持自己的意見。

景松也找有名氣的攝影家來替他們拍攝婚紗照片，拍攝出來的效果果然跟一般沙龍所拍的不同，從相片中就可以充分地感受到結婚時候的喜氣，以及景松、妘蘭所特有的氣質。

景松的父親早就幫他們在東區華廈內準備了一間六十幾坪的房子，其中的家具裝潢是妘蘭最喜歡，不花俏的當代式風格，房子的兩邊各有兩扇透明大窗戶，由於沒有其他建築物阻擋，以及位居高處，所以視野相當良好。景松一一向妘蘭介紹他的設想：「這是客房、這間可以招待父母來住、這兩間是小孩的房間、這間是妳的畫房、這間是我的書房。」他拉著妘蘭興奮地走到最後一間：「這是男主人與女主人的臥房。」房子裡不僅家具齊全，就連裝飾品也都擺妥，多半是昂貴的古董及藝術品，杯盤也都是大師設計的套裝組。

妘蘭直接地說：「雖然我以前知道你家很富有，可是怎麼不知道你家這麼有錢。」

景松：「怎麼樣，會不會比較不後悔嫁給我？」

妘蘭有點責怪地看他：「我說過後悔跟你結婚的話嗎！」

景松：「嗯，時間短到妳都還沒覺得後悔。」

妘蘭：「聽你這樣說，好像準備要苦毒我一樣，眞是可怕。」

景松環著她的肩膀：「放心啦，疼妳都來不及了，怎麼會苦毒妳呢！」

妘蘭心頭有點不安，約了美津出來聊天。

美津：「恭喜妳，要當新娘了。」看見妘蘭空洞的表情：「我的大小姐，好不容易有一個這麼好的對象可以結婚，妳到底在煩惱什麼呀？」

妘蘭似乎預有所感地說：「我怕我們會合不來。」

美津似乎認爲她杞人憂天：「拜託！你們又不是剛認識而已，就連外人都覺得你們很合了，更何況又相處了那麼久。難道妳怕他又花心嗎？」

妘蘭似乎默認。

美津想了想：「這倒不是不可能，不過我認爲對他來說，妳在不在意他是最重要的。」

妘蘭：「我很怕他覺得我不在意他。」

美津擔心地說：「我勸妳可別把之前的陰影帶進你們的婚姻裡，他知道妳跟衛明的事嗎？」

妘蘭：「結婚之前他曾經問過我衛明的事，他曾經在畫廊見過衛明，而且我在法國的時候也稍稍透露過。」

美津：「妳怎麼跟他說的？有說衛明跟隆恕的關係嗎？」

妘蘭：「沒有。只說我後來喜歡衛明，但我們因爲一些原因無法在一起。」

美津似乎鬆了一口氣：「反正妳不要常常在景松面前心不在焉、若有所思就好了。」

妘蘭苦笑了一下：「希望他沒有那麼敏感，我也就不用那麼擔心了。」

美津：「很可惜，他就是那麼敏感，一切都要看妳的努力了。妳就好好去過妳的新生活吧！畢竟都已經那麼多年了。」

妘蘭又苦笑了一下。

妘蘭並沒有將隆恕及衛明列入邀請名單中，沒有寄喜帖給他們，因爲她認爲那樣做很殘酷，就像拿到衛明的結婚喜帖時的感覺，而且也覺得沒有必要讓他們知道自己的婚事，雖然她知道他們不可避免地會從朋友那裡得知這個消息，最重要的是，她怕見到衛明後，又勾起她的遺憾。結婚當天，許多政商名流都出席參加婚禮，妘蘭所要邀請的幾個比較親近的同學都已經包含在景松的邀請名單中，同學們見著這樣的大場面，不覺在「同學桌」興奮地竊竊私語。當新娘出場時，嘈雜的會場不覺安靜了下來，大家都目不轉睛地看著美如天仙的妘蘭。原本就貌美的妘蘭，在精心設計的服裝造型襯托下，更是顯出她的氣質不凡。妘蘭的同學不時稱羨著妘蘭的際遇：「沒想到，景松的家產比他的英俊多了那麼多。」妘蘭笑了笑，發覺自己並沒有同學們那麼興奮。

* * *

衛明自然是聽到妘蘭結婚的消息，心中無限感慨：「這麼快，我還來不及做好心裡準備呢！

我，一個已經結了婚的男人……哪裡有資格說這種話呢？難道要她當你的外遇對象嗎？難道要她再一次屈就於你的狀況嗎？難道……」還沒想完，衛明的臉上就佈滿了淚痕，他用雙手摀著臉，全身不住地顫抖著。

這時，隆恕走了進來，拍拍衛明的肩膀：「事情都已經過了那麼久了，你應該要好好過自己的日子了，她的確是個好女孩，就像一顆瑰寶一樣，但是，那顆瑰寶並不必然屬於你啊！你要看開點，那是她的選擇，別忘了，你手中也有一顆瑰寶啊，你該好好地捧你手中的瑰寶，不要只是惦念著別人手中的那一顆。」

衛明看著隆恕：「我知道我這樣很愚蠢，而且很不成熟，可是，每當我想到我那時候那樣傷害她，我就覺得心如刀割……」

隆恕：「我知道你當時是爲了我想，我眞的覺得很愧疚，但我相信她是了解的。」

衛明：「但那畢竟對她造成了傷害，不是嗎？」

隆恕：「對於這件事情，我想我們都有責任，但我想，她以後的生活不會再需要我們了，你也不需再去想怎麼彌補她的事情，儘管把你自己的生活過好吧！這一切，就偷偷地藏在我們各自的人生裡吧！」

衛明點點頭：「我其實也很想這麼做，但實在放不下她。我想，我會一輩子覺得遺憾。」

隆恕：「就算是遺憾，也要藏在心裡，否則不僅會傷害自己，也會傷害週遭愛你的人。」

卷六

他們終於突破彼此的最後一道防線，景松也首次在外面過夜，第二天直接去公司上班。妘蘭這一整天特別忐忑不安，尤其是到了凌晨，卻等不到景松的人影，妘蘭知道如果再不處理他們之間的問題，他們之間的關係可能會每下愈況。只是，景松逃避與她有任何互動和對話，讓妘蘭不知該如何處理。

洞房花燭夜，與妘蘭親密接觸的時刻終於到來，景松的心不免砰然心動。在妘蘭來說，她不確定是否能夠接受景松的親近，也不免懷著忐忑不安的心情。景松趁洗完澡換上睡衣後，換妘蘭梳洗時，到家裡的吧台拿了一瓶陳年紅酒及兩個高腳杯，準備讓兩人輕鬆地迎接這一天的浪漫。妘蘭身著紅色蕾絲邊性感睡衣出浴，讓景松更是目不轉睛。

「祝我們新婚愉快，永遠恩愛。」景松舉起酒杯。

妘蘭笑笑回應。兩人啜了幾口紅酒後，景松盯著妘蘭被酒薰紅的臉蛋，愈覺她的性感。景松拉著妘蘭的手，往床鋪走去，將妘蘭往床面輕壓，嘴唇順勢蓋住她的……這時妘蘭卻有種恐懼，她一直無法調適他們由朋友變成愛侶的關係，所以制止了景松更進一步的接近。「今天很累，忙了一整天，又喝了點酒……我……」

景松連忙制止她的歉意：「我了解，其實我也蠻累的。」他移開他的身子，拍拍她的手說：「我們睡覺吧。」

妘蘭感到歉意地點點頭，景松則輕吻一下妘蘭的額頭，轉身將床頭燈調暗，就躺下睡覺了。

妘蘭一直輾轉難眠，憂慮著以後要如何面對景松。

※　　※　　※

接下來的幾天，景松為了培養兩個人的情趣，帶妘蘭到郊外、吃大餐、聽音樂會、看電影、送花、送禮，無所不用其極地討好妘蘭，妘蘭也表現得相當開心，晚上則一步步得以抱著妘蘭睡覺。這一天，景松抱著妘蘭時，將嘴唇貼近妘蘭的耳朵呼氣，見妘蘭沒有閃躲，輕輕地用舌頭舔著她的耳朵。由於幾天下來身體的接近，以及與景松愉快的相處，而且妘蘭也希望自己能夠對景松開放，於是妘蘭漸漸被景松的性感給融化，兩人終於有了親密關係。之後歐洲之旅的蜜月旅行，更讓他們的感情加溫，一張幸福甜蜜的照片印證了他們對彼此的感情。

景松時常邀請他的朋友到家裡作客，分享他的幸福，朋友們都很羨慕他娶到如此美麗、賢慧又有才華的老婆，更羨慕兩人的感情如此恩愛，雖然景松覺得妘蘭對他有點被動，有點缺乏熱情，但他已經相當滿意他們的狀況，再加上眾人對他們的讚嘆，讓景松對妘蘭的感情更具信心。

但好景不常，有一天，當他與妘蘭一起進入一家高級餐廳吃晚餐時，他見到妘蘭楞了一下，並立即建議：「我們換別家餐廳吃飯好嗎？」

景松不了解爲什麼她忽然不想在這裡吃飯的原因：「可以呀，你不喜歡這家餐廳嗎？」景松從來沒有見過溫順的妘蘭如此異常。

妘蘭忙著解釋，邊趕緊往門邊走去：「我忽然想要吃日本料理。」

景松：「原來是這樣，我知道一家日本料理很好吃，走，我帶妳去。」他興沖沖地拉著妘蘭的手也往門邊走去，不經意地往妘蘭楞住時的方向望去，他看到衛明正與家人坐在窗邊的位置上用餐，他整個心都涼了，只是沒有表現出來。

這天晚上，景松並不像往常一樣抱著妘蘭睡覺。

「也許是他太累了吧」，妘蘭這麼想著，並未特別加以注意。

＊　＊　＊

第二天，景松一反常態在鬧鐘響前就醒來，嚴格地說，他整個晚上都沒有睡著，一大早就聽到妘蘭起床、梳洗，以及準備早餐的聲音。直到鬧鐘響起，他像往常一樣換好妘蘭替他準備好的服裝，經過餐廳，看了看桌上他早上喜歡吃的幾片火腿、荷包蛋、麵包，及一杯柳橙汁，還有妘蘭特地幫他從大門拿進來的報紙，一切看來都那麼的平常而且溫馨舒適，但好勝心及佔有慾強的他，無法忍受一絲的挫敗感，而妘蘭昨天在餐廳的表現，讓他自覺到在她的心中，他永遠無法取代衛明。

在經過一夜的輾轉，昨天在餐廳的影像不斷複習之後，他決定對妘蘭採取強烈且無言的抗議。

景松瞥了一眼桌上的早餐後，就立即到客廳穿上妘蘭一早替他準備好的外套，妘蘭從廚房看到這一幕，有些驚訝地問：「你不吃早餐嗎？」

景松冷冷地說：「沒有胃口。我去上班了。」景松逕自開了門走出去，完全忽略了之前都會親妘蘭額頭一下才出去的甜蜜，這令妘蘭有點不知所措。

＊　＊　＊

下班後，景松邀集幾個好朋友一起到餐廳吃飯，喝了點酒後，有人建議到酒店續攤，大家起鬨著，但當景松很有魄力地說出：「好！」時，大家都有點錯愕，因為自從婚後，景松就儘量避免涉入「不良場所」，一方面是因為自己對那種風月場所不再感興趣了，一方面是要尊重妘蘭的感受，這點大家也都是知道的，所以他們聚會的地點就直接轉移到景松家，只有羨慕他倆幸福婚姻的份了。即使景松如此的反常，大家都只能在心中猜測大概是小倆口吵架了，卻也不敢對這種猜測多加發問。於是，大夥兒直接殺到政商名流特別愛去的那家酒店。

其中，很有經驗的小劉跟大家拍胸脯保證：「這裡的消費雖然高，但服務以及美色一定讓你們感覺值回票價。」

景松對這樣的場合自然不陌生，之前來過幾次，很了解這裡的逢場作戲，但為了抗議妘蘭帶給他的傷害，這裡仍不失為一個消磨時間的溫柔鄉。

這裡果然在神祕的昏暗中透露出五光十色，來來往往的小姐們，各個身材標緻，面貌姣好，由於是制服店，小姐們都穿著緊身高叉的旗袍，雖說身在歡場中，卻都流露出聰穎的氣質，不像一般酒店一樣，明顯只是肉體與金錢間的交易。這不僅是經過美姿美儀成功訓練之後的成果，而且由於店裡所營造出的高級氣質，以及容易接近富商名流，所以不乏高學歷的美女加入。再加上為了迎合顧客們的口味，這裡的小姐都必須每天閱讀三份以上的報紙，更遑論政治、經濟、影藝相關的雜誌了。因此，這裡的高品質及高消費名聲便不逕而走，只要口袋裡有很多錢的顧客，都會到這裡來

「瞻仰」一番。賓客們來這裡通常是乘興而歸的，不僅滿足了感官的需求，而且還會覺得找到了紅粉知己呢！

雖然喜歡這裡的氣氛，但在景松內心，妘蘭的重要性當然不是這些美女可以比擬的，他們這桌來了幾個小姐，雖說秀色可餐，並且大家都能夠聊得起勁，但景松也仍不時地喝著悶酒，只是偶爾附和她們幾句。

坐在景松旁邊的小薇將身體靠向他，將她手上的酒杯舉到他面前，撒嬌地說：「你那杯酒很苦吧！我們交換喝。」

景松知道那是酒店對她們的調教有方，但也不覺會心一笑，將小薇手中那杯酒喝掉，小薇也同樣喝了他手中的酒。

這時，景松聽到前方傳來甜美而有頹廢的女聲，抬頭看到站在表演場正中央一個長髮女生正投入地唱著歌，他發現許多客人也被她的歌聲吸引著，唱完歌後，她直接退到台後，並沒有出來收小費。

景松問一旁的小薇：「為什麼剛剛那個女孩沒有像其他人一樣，唱完歌就下來一桌桌領小費呢？」

小薇：「我才來這裡正式工作沒多久，這也是第一次看她表演，所以我不太知道，不過我可以幫你問問。」在景松還沒來得及阻止時，她就已經身手矯捷地離開了。過了約莫五分鐘，台上那位女子來到他身邊，先自我介紹：「廖先生你好，我叫小安。」

景松示意她坐下，她坐下後接著說：「聽說你很欣賞我的表演，謝謝你。」

景松：「我想，這裡大多數的人都會被妳的歌聲吸引吧！」

小安：「你過獎了。聽說你對我有些疑問？」

景松：「嗯，我只是不解妳爲什麼沒有像其他人一樣，表演完後就到顧客席領取小費？」

小安：「我並不喜歡那樣子，那會讓我覺得我用歌聲來有求於人，而且也會發生一些無法控制的場面。」

景松當然知道她所指的是什麼，但仍追問：「可是少了小費的錢，妳的收入不就少很多了嗎？」

小安：「這裡的老闆待我不薄，我的演唱費比其他人都還高，雖然比不上領取小費的收入，但卻也是筆相當可觀的費用。」

景松對小安的堅持充滿了好感：「妳……坐檯嗎？」

小安：「很少，只做特定幾位老顧客的檯。」

景松：「小薇說之前沒看過妳，妳不常來這裡嗎？」

小安：「前一陣子我出國散心了，所以都沒出現，之後就會常常來了，就算沒有演唱，也會來這裡等老顧客。」

景松：「那不知道我有沒有榮幸成爲妳的顧客。」

小安：「其實我在台上唱歌的時候就注意到你了，因爲你聽我唱歌的時候神情相當專注。」

景松：「妳的歌聲很能夠感動人。」

小安笑了笑：「因爲我是用我的感情下去唱的。」

景松：「不僅如此，妳的歌聲有種獨特的魅力，就像希臘神話裡的海妖。」

小安：「那挺可怕的。」

景松雖然笑笑，但小安讓他想起妘蘭，內心不禁升起一股不安。

他盡興地喝了許多酒，小安一直陪在他的身邊，邊勸他要有節制，但她似乎知道他必須以這種方式發洩苦悶，在勸阻無效之下，仍繼續照顧著他。

一見到喝得爛醉的景松，妘蘭很驚訝，這是她從未見過的景松，景松的友人將他攙扶進房間後離去，妘蘭就連忙幫他脫去身上的衣物，以濡濕的毛巾幫他擦拭身體，看著不省人事的景松，想起他這一天對她的態度，妘蘭有種不祥的預感。妘蘭躺在他的身邊，整夜無法成眠。

第二天上班時間，妘蘭不捨叫醒景松，景松在中午醒來，因爲宿醉而頭痛，妘蘭正好端一杯熱茶讓他醒酒。接著，景松又休息了一會兒，就著裝出門。

妘蘭：「我幫你熱個湯，吃點東西再去上班嘛！」

景松又冷冷地說：「不用了。」逕自走出家門。

妘蘭百思不解景松這兩天的轉變，心中相當焦慮。

下班時間，景松又找了小劉吃吃喝喝，晚一點，兩人又轉進那家客人雲集的高級酒店，一眼就見到小安坐在吧台邊啜著酒。

景松走了過去：「怎麼，今天妳的老顧客沒有來嗎？」

小安見到他，有點驚訝：「你怎麼連續兩天都來啊？」

景松：「以後每天都來捧妳的場。怎麼樣，要不要過來陪我？」

小安隨著他們走向座位上，她看了看小劉：「看樣子你並不是來這裡談生意的。」

她直覺應該是景松家裡有事，但並沒有多問。

景松：「難不成這裡有規定一定要談生意才能來？」

小安笑笑：「嗯……不一定要談生意，但一定是有些什麼事。」

景松欣常她的敏感，他在昨天就已經發現她的這種特質了，於是耍嘴皮子地說：「難道我不能因爲迷上了妳所以天天都來嗎？」

小安：「如果眞的是那樣的話，你的動情激素也未免來得太快了吧！」

景松又耍寶地說：「如果我每天都來找妳，妳會不會嫌我太膩啊？」

小安：「這你就不用擔心了，到了我嫌你太膩的那一天，我會見到你就躲起來的。」

景松覺得跟小安講話非常愉快，不需要擔心不小心講的話會傷到她，也不需要擔心她會對他有什麼負面印象，因爲她總是能夠自然而輕鬆地面對各種談話，這種感覺是相對於與妘蘭的相處而有的。

之後的日子裡，景松仍常藉口應酬而不回家，常常在凌晨喝到爛醉才回家。這樣的時間久了，妘蘭開始懷疑景松不回家的理由，她想要問景松最近轉變的原因，但由於她只能在景松爛醉的狀態中才見得到他的面，所以她趁著景松打電話回來說不回家的時候趕緊問：「你最近是不是發生什麼事情了？」

景松冷冷地回應：「我說過我要去應酬啊。」不等妘蘭的回應，就逕自掛斷電話。接下來的日子，景松依舊喝到爛醉才回家。這樣的狀況讓妘蘭很焦慮，不知道自己到底做錯了什麼。

＊　＊　＊

景松與小安的進展很快，小安因為心疼他每天到店裡的大筆消費，而且兩個人其實已經像是對男女朋友一樣，她並不希望別人把他當凱子般看待，於是這天，她又看到景松一個人走進店裡，景松看到她沒穿制服的打扮，疑惑地問：「妳今天怎麼這麼不乖，沒有穿旗袍？」

小安故作神秘：「我今天不上班，每天待在這裡你不會膩嗎？」

景松：「那妳想去嗎裡呢？我奉陪。」

小安：「你想不想到我家參觀？」

景松就連假日都不見人影。

景松很早就感覺到她對他的用心，但他知道自己沒有辦法給如此貼心的小安幸福，所以猶豫了一會兒，害怕他跟小安眞的發生了什麼關係。於是，他說出了他的擔憂：「我跟妳坦白一件事。」

小安：「你是要說你有老婆，對嗎？」

景松有點訝異：「妳怎麼知道？」

小安：「你忘了我在什麼地方工作嗎？你放心好了，其實從你來的第二天，我就猜到了。」

景松：「那妳怎麼……」他忽然不知道怎麼開口問。

小安坦然地接話：「你是要問，我爲什麼還對你這麼用心嗎？」

景松默默地看著小安，等待她的回應。

小安繼續說：「自從我來這邊工作之後，看到週遭發生的許多感情的悲劇，所以我也就不再去期待一般人所謂有結果的愛情了，只要大家能夠快快樂樂地在一起，然後懷著對彼此的珍惜分開，那就夠了。這陣子跟你的相處，我知道你絕對不會殘忍地對待我，即使你決定完全回到妻子身邊。」

景松有點心疼小安對於感情的絕望，他認爲小安是個應該在感情中被疼愛的女人，只是，那個疼愛她的人不應該是他，因爲到最後，他一定會帶給小安莫大的傷害。

小安了解景松的爲人，至少，她知道景松對她的用心，於是力促景松：「你放心好了，我不會勉強你做任何事情的。我家其實很有趣，我收藏了許多臉譜及面具，很值得參觀的。」

在知道他有老婆的狀況下，小安的態度還如此坦然，景松一方面也關心小安的生活狀況，一方面也想要陪陪小安，或者是希望小安陪著他，所以就答應了。

小安住在一個名人華廈內，公共設施極盡豪華之能事，猶如到了渡假大飯店，這讓景松有點吃驚，以小安那麼挑剔的表演及坐檯方式，而且他從未見過小安坐過除了他以外的檯，實在難以相信小安住得起這麼豪華的房子。

進入她家後，除了金碧輝煌的裝潢外，面對大門的幾乎整個牆壁都以東西方的臉譜面具裝飾著。小安倒了杯陳年維士忌，便花了半個多小時，愉悅地逐一介紹牆上面具的由來，及其所代表的意義，這讓喜歡藝術的景松覺得相當有趣。

兩人欣賞完牆上的幾十個面具後，便坐到柔軟的沙發內。景松看了看四周：「這個房子……是妳買的嗎？」

小安：「這裡的地是祖先留下的，後來改建成大廈，這是地主的保留戶。」

景松覺得小安的家世背景應該不錯，懷疑地問：「可是，妳……」，他實在不知該如何開口問。

小安很有默契地說：「你是要問我為什麼還需要去酒店上班嗎？」

景松點點頭。

小安說：「我母親在我很小的時候就去世了，與父親相依為命，幾年前，我父親因為太勞累而暴斃，他死後，我才知道他因為生意經營不善，欠了大筆錢，所以，我就到酒店上班，將那些錢還清。其實我們家本來保留了五戶，其中三戶早就被我父親拿去抵押，我父親死後，我就擅作主張把第四戶賣掉，但仍無法還清債務，原本只要將這房子賣了，就可以償還的，可是畢竟這裡有世代祖先們的回憶，我實在不捨得。」

景松這才知道她背負如此的重擔：「那現在呢？還欠很多錢嗎？」

小安：「所有的債在去年年底都已經償還了，之後我就出國去散心，才回來不久，酒店的老闆就要求我回去上班，我答應他只唱歌就好了。那時也剛好遇到你，所以就每天等你上門坐你的檯。」

景松非常感動小安對他的用心，及她的堅強，不禁緊緊地握住她的手，將她的玉手放在他的唇邊，沉默不語。在小安家，景松與小安身體上的關係反而不像在酒店那樣，這時候，反而看出他倆對彼此的憐惜。

這一天，景松還是喝得全身酒味地回家睡覺。

之後，應小安的要求，景松下班後都直接到小安家，小安親自下廚，他們簡直就像是一對神仙眷侶般，只是景松爲了避免發生進一步的關係，每天還是回家睡覺。這天，他因爲應酬的關係，從吃晚飯開始喝酒，喝到大約九點撤攤，他按照最近的習慣，先到小安的住處再喝兩杯。

這一天，他已經無法控制他對小安的慾望，伸手摟著坐在身旁的小安，有點粗魯地將她的身子拉向他，小安像是早已經準備好一樣，順勢倒進他的懷中，景松從後方激烈地親吻著小安的脖子，再將舌頭勾向她的耳朵深處，小安受到刺激後忍不住地呻吟了起來，已經處在興奮狀態的景松又被她的呻吟聲給刺激，更大膽地將手伸向她突起的胸部，不住地搓揉著。

她的身體像是快要失去支撐般，隨著他手部的動作柔軟地擺盪著，整個身體逐漸貼近傾靠在他的胸前。他用雙手臂環繞支撐著她的上半身，兩個手掌卻貪婪地以相反的方向用力地揉轉著她那令人無法一手掌握的胸部，邊搓揉時，他用食指挑逗著她薄薄的背心以及內衣裡所隱藏的硬乳頭，一邊嚙咬著她的脖子。她也將臉探向他，伸出滑潤的舌頭，舔嚙著他的耳朵，他的身體感覺到一陣蘇麻，於是狠狠地以嘴巴吸入她的舌頭，兩個人的舌頭以及嘴唇相互吸吮及嚙咬著，小安不時從鼻子發出嬌嗲的呻吟。

他們終於突破彼此的最後一道防線，景松也首次在外面過夜，第二天直接去公司上班。

妘蘭這一整天特別忐忑不安，尤其是到了凌晨，卻等不到景松的人影，妘蘭知道如果再不處理他們之間的問題，他們之間的關係可能會每下愈況。只是，景松逃避與她的任何互動及對話，讓妘蘭不知該如何處理。

而正如妘蘭所料，景松在之後的日子裡，也常常都沒回家睡覺。

⁂ ⁂ ⁂

美津在妘蘭婚後還一直保持著聯絡，正當妘蘭完全不知所措之際，美津剛好提議到妘蘭家坐坐。美津不住地讚嘆妘蘭的居住環境，一直到妘蘭煮好咖啡，美津才讓自己的好奇心歇止下來。

美津：「真羨慕妳，有個這麼有錢的老公。你們最近如何？幸福嗎？」

妘蘭猶豫要不要跟美津說她跟景松的近況，但她實在已經不知道該怎麼做了：「景松最近行徑有些怪異。」

美津：「發生了什麼事？」

妘蘭：「他最近很少回家，就算回家也是醉醺醺的，我也不知道爲什麼。」

美津：「妳有沒有跟他溝通過？」

妘蘭：「沒有辦法，他在家的時候都已經爛醉了，根本沒有辦法講話。」

美津：「妳一點都不知道你們之間有什麼問題嗎？你們有沒有爲什麼事情吵架？」

妘蘭：「沒有，我們從沒吵過架。」

美津：「那怎麼會這樣？難道外面的傳聞是眞的。」

妘蘭：「什麼傳聞？」

美津有點猶豫地說出她從朋友那裡聽到的消息：「我不確定這是不是眞的啦，只是有人說景松跟一家酒店裡面的一個小姐眞的很要好，也聽說他們是情侶關係。」

妘蘭不敢相信：「怎麼會這樣？」

美津趕緊安慰：「也許不是眞的啦，我再去幫妳探聽一下好了。」

妘蘭：「妳知不知道是哪家酒店？」

美津：「妳該不會要殺去那裡找人吧！那樣無濟於事的。」

妘蘭想想也對，怎麼會有那麼傻的主意：「那我應該怎麼辦？」

美津：「是不是應該找他父母跟他溝通一下，看看到底是怎麼一回事。」

妘蘭實在不想麻煩景松的父母，但好像沒有其他的辦法了。

忽然，妘蘭一陣噁心，連忙跑向廁所。美津見狀，又看見桌上一堆酸梅，於是詢問坐回位置的妘蘭：「妳是不是懷孕了？」

妘蘭：「我也不確定，這兩個月月經都沒來。」

美津：「景松知道嗎？」

妘蘭：「最近我們根本沒能說到幾句話，而且我不知道他那邊的狀況，我不想要讓他因為孩子而有壓力，也不想他覺得我想要綁住他，如果他眞的愛上別人的話。」

美津：「妳怎麼那麼傻，妳管他怎麼樣，到時侯看他怎麼反應再說吧！妳快去準備一下，我帶妳去看醫生。」

妘蘭順從地跟著美津到了婦產科，醫生檢查後說：「恭喜妳，妳懷孕三個月了。」妘蘭內心百感交集，但確定有了孩子，她的內心還是不禁浮現一絲喜悅，只是她不知道該不該讓景松知道，雖然美津不斷囑咐妘蘭要告訴景松這個消息，但不知怎的，在景松這樣的對待下，她提不起勇氣說出口。

星期六早上，妘蘭跟景松父母約了見面，就開車到他父母家。妘蘭省略景松外遇傳聞那件事，把景松的近況跟他父母交代後，景松的父親說：「我是有聽說景松常常去酒店喝酒，可是不知道他竟然會喝得這麼沒有節制。這樣下去，如果把身體弄壞了，該怎麼辦？你們眞的沒有吵架嗎？眞的沒有什麼事起爭執嗎？」

妘蘭確定地搖搖頭。

景松父親：「那就奇怪了，從來沒看過他這個樣子。是不是交了壞朋友呢？我現在就把他叫回來問問看。」他打了景松的手機，但手機不知道是沒開還是收訊不良，於是就留言叫景松回父母家吃晚餐。

晚上六點，景松果然出現了。爲了避免場面尷尬，妘蘭早就先打道回府。

家裡的傭人上完菜後，景松父親就問：「景松，聽公司裡的人說你最近喝酒喝得很兇，是嗎？」

景松承認地點頭。

父親：「你是怎麼了？有什麼原因要這樣喝嗎？」

景松：「沒什麼，覺得好玩，很想喝酒。」

父親：「你以後可不可以不要這樣？那會讓家人很擔心你的。」

景松答應：「好，我不會再喝那麼多酒了」。

父親：「你跟妘蘭的感情是不是出了問題？」

景松：「沒有。」

父親：「你在外面有喜歡的女人嗎？」

景松有點迴避：「那只是逢場作戲罷了。」

父親：「逢場作戲有必要這麼認眞嗎？認眞到老婆都不顧了？」

見景松不說話，父親：「以後不准你喝那麼多酒。外面的女人，既然是逢場作戲，就盡快斷關係吧！」

景松：「如果我說我不是逢場作戲呢？我想要跟她在一起。」

父親有點生氣：「那你要將妘蘭擺在哪裡？你有沒有考慮過妘蘭的感受？」

景松：「我想她應該不會太在意？」

父親不解：「她是你老婆，怎麼可能不在意？」

景松：「因爲我不是她的最愛。」

父親：「她跟妳結婚了，你當然是她的最愛，而且，她有出軌嗎？」

景松：「沒有，可是在她心裡面有一個最愛的人，而那個人不是我，不管我怎麼努力，都沒有辦法取代那個人的地位。」

父親：「他們還有聯絡嗎？」

景松：「應該沒有。」

父親：「那就好了，眞不懂你爲什麼要對自己那麼沒自信，以後的日子妘蘭是跟你走，不是跟他，就算他在妘蘭的心裡佔有重要的地位，你連這樣一點點的自由都不給她，那不就顯得你器量狹小嗎？你覺得妘蘭對你好不好？」

景松：「她對我很好。」

父親：「娶妻子，最重要的是看她知不知道自己該扮演的角色，如果妘蘭心中有一個人，可是她卻能夠克制自己不跟那個人聯絡，並且扮演好自己的角色，我相信，那個人在她未來的生命中，只會是一個小小的插曲，而你會是她的主軸，這樣想不是好多了？而且，這樣看來，她是一個相當重感情的人，不是嗎？如果她不是個重感情的人，我相信她也不會那麼吸引你了。」

聽到父親的一番說辭，景松忽然因自己這陣子對她的殘酷覺得愧疚，無言以對。但他卻無法處理他跟小安之間的關係，一方面是怕傷害小安，另一方面，他覺得自己已經愛上小安了，而且小安對他的主動與激情，是他在妘蘭身上從未看到過的。

妘蘭在家中焦慮地等待著景松父母與景松會面的結果，雖然不斷調著電視頻道，但卻無心於此。看著牆上的時鐘，「已經九點了，景松還沒回來」。妘蘭有種不祥的預感，深怕景松父母跟他談過後，他還是依然故我，那麼，妘蘭似乎就只能對這種狀況束手無策了。

忽然，一陣電鈴聲，妘蘭趕緊起身開門，見到門口站著捧著一束紅玫瑰的景松，她望著景松深情的眼神，多日來的焦慮終於化作一束束淚水，向前擁在景松的懷中。

景松這時才真正看到妘蘭所受的委屈，看到自己帶給她的折磨，他覺得心好疼，但也感到一股前所未有的溫暖，因爲妘蘭終於主動地親近他，他們的關係似乎又前進了一步，他想起父親所說：「那個人在她未來的生命中，只會是一個小小的插曲，而你會是她的主軸」，在妘蘭心中佔有最重要位置，現在看來並非不可期。他緊緊地懷抱住妘蘭，頻頻輕聲地說：「對不起，對不起。」

兩個人相擁了許久，妘蘭拉著景松的手往沙發走去，她替景松泡了杯茶，靜靜地坐在一旁看景松喝茶。景松將杯子放下後，摸摸一直盯著他看的妘蘭前額的頭髮，輕聲地問：「怎麼啦？怎麼一直看我？」

妘蘭喜悅地問：「你喜歡小孩嗎？」

景松：「不喜歡……」他故意停頓了一下，妘蘭感到心中一股涼意。景松繼續說：「……別人的小孩，我喜歡自己的小孩。」

妘蘭責怪地看著景松，景松似乎也恍然大悟興奮地問：「難道妳……已經懷孕了？」

妘蘭嬌羞地點點頭：「前幾天我去醫院檢查，已經三個月了」。

景松興奮地抱住妘蘭：「我會好好疼你們，絕對不再讓你們受苦。」

景松的心情相當複雜，他知道，因爲有小孩子的關係，他必須與小安分手，以免影響到小孩子的成長，但是，這陣子都是小安陪伴著他，而且小安一個人孤苦無依，他們之間的相處，已經有種親人的感覺，而且，他知道他的離去，會讓小安更感孤單。他覺得自己對小安好自私，他因爲重拾了家庭的溫暖，而要拋棄之前互相給彼此溫暖的小安，讓她獨自一人療傷，而這傷痕竟是他給小安的回報。他知道，要好好處理他跟小安之間的關係，他決定先聽聽小安的意見。

＊　＊　＊

第二天，景松一下班就前往小安家，小安見到他臉色凝重：「怎麼了？發生了什麼事？」

景松到廚房倒了兩杯酒，一杯遞給小安，並拉著小安的手坐下，催促她喝口酒：「我想要跟妳說一件事……我並沒有做任何決定，只是希望聽聽妳的意見。」

小安：「我們之間的事嗎？」

景安注視著小安，點點頭。

景松：「她應該早就懷疑我在外面有女人，可是她沒有直接挑明，也沒對我做任何要求。」

小安：「她的確是個聰明而又有修養的女人，難怪你會對她那麼痴心。你們又重修舊好，你想要回到她身邊，是嗎？」

景松：「這是一部分，最重要的是，我老婆懷孕了。」

小安：「你希望能夠扮演好父親的角色？」

景松點點頭。

小安：「那麼我們最好斷了現在的關係。」

景松不想傷害小安，對她也有不捨之情：「我並沒有做任何的決定，我不希望傷害到妳。」

小安忍不住滴下眼淚：「其實我早就已經有心理準備了，我知道，跟一個有婦之夫談戀愛，遲早會有分開的那一天。我也說過，我在乎的不是天長地久，而是曾經擁有。我知道我曾經擁有你，而且，我們曾經擁有一段眞正的感情，那就夠了。而且，我不希望成爲你的包袱，所以，我們還是分開好了，謝謝你帶給我的美好。」

景松擦拭著她的眼淚，捧著她的臉，難過地說不出話。

小安自我調侃地說：「你應該慶幸，你遇到了兩個明理的女人。」

景松深情且不捨地望著她：「我捨不得讓妳獨自難過。」

小安：「沒關係的，今後我的一切，都跟你沒有任何關係了。我們不再聯絡，對我而言，比較容易再重拾自己的生活，否則，只是徒增痛苦。」

景松不捨地說：「謝謝妳的體諒，如果妳眞的需要我的陪伴，也請妳一定要讓我知道。」

小安含淚微笑地點點頭。

景松果然信守諾言，從那一天起，他就對妘蘭及孩子百般呵護，而妘蘭也漸漸主動對他開放她的身體。兩人都很爲家庭的幸福而努力，景松也知道有問題就要當面解決，也知道不應該對妘蘭如此苛求，不該再懷疑妘蘭對他的眞誠，更重要的是，他絕對不會再做出對大家都不利的出軌行爲。

卷七

兩人看著美津手上的報導，美津邊看著報紙邊唸：「衛明前妻及她丈夫綁架小孩，勒索一筆錢，衛明交付贖款後，他前妻並沒有依約放人。」

她看看妘蘭，又繼續唸：「在他們準備搭飛機逃亡出境的路上，剛好遇見警察臨檢，他們忽然急駛加速逃逸，結果就跟一輛迎面而來的大卡車相撞，兩個大人當場死亡，小孩子在醫院掙扎了三天，仍回天乏術……」

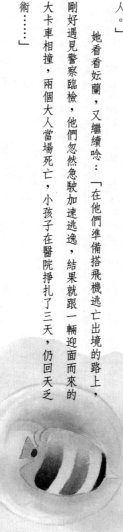

即使衛明從來沒有忘掉過妘蘭，但自從妘蘭與景松成爲男女朋友之後，他不僅不曾刻意出現在妘蘭面前，而且會儘量避免在同一個場合出現，因爲他知道，他們之間的感情在何時，以何種方式再被挑起都很難說，而這種激動人心的感情，勢必會令雙方的伴侶感覺背叛。

爲了不影響妘蘭的幸福生活，衛明一直隱忍著自己下半輩子對妘蘭的需要，他與玉華的感情一直處在覆水難收的狀態，雖然玉華生下仲理之後，衛明爲了替小孩營造一個幸福家庭的氛圍，曾經嘗試讓他們表面上的相處能夠順利，即使他早已經對玉華沒有任何感覺。雖然玉華也曾經一度以爲兩個人可以再攜手建立美好的家園，努力地扮演好妻子及母親的角色，但每當進到私密的房間內，衛明仍不願意嘗試去接近玉華的身體，即使玉華覺得自己的努力應該被犒賞，衛明仍然堅持不碰玉華。眼見無法改變衛明對她的想法及感覺，也由於衛明讓她產生的無力感及孤獨感，她接受了以前一起工作同事的感情，兩個人時常一同出遊。

一開始玉華只是想要讓衛明了解他那樣對待她所會造成的嚴重後果，但對衛明來說，他其實非常高興玉華找到一個能夠善待她、愛她的男人，只要他們的關係不要影響孩子就好了。久而久之，玉華見衛明無動於衷，於是自己對於改變他們兩人關係的願望也就死了心。三年之後，由於玉華忍受不了衛明對她的冷漠，於是答應她外遇對象的求婚，孩子仲理則交由衛明撫養。

衛明一刻也不曾忘懷妘蘭，玉華提出離婚建議時，衛明首先想到的就是她，但，現在再想妘蘭有什麼用呢？她已經過著幸福快樂的日子了。

※　※　※

這天，妘蘭帶著已經兩歲的小恩到景松公司樓下巷子裡的咖啡廳，坐在窗邊的座位上，邊喝著咖啡，邊等景松下班到這裡會面，再一同去吃晚餐。

這時忽然從門口傳來：「爸爸！我們坐到窗戶邊。」

妘蘭看到一個約四、五歲的小男孩活潑地朝她的方向走來。忽然，她發現跟在小男孩後面的大人腳步停頓下來，於是抬頭看了看那個人。

妘蘭驚訝地說：「衛明！」

衛明早就認出她來，遮掩不住他滿臉的驚喜：「妳怎麼會在這裡？」

妘蘭：「我等我先生下班。」

衛明看著小恩：「這是妳女兒嗎？」

妘蘭：「對，她叫小恩。」她向小恩示意：「小恩，叫叔叔。」

小恩聽話地看著衛明：「叔叔。」

衛明也給予她回應，並向妘蘭及小恩介紹他的兒子仲理。

衛明指著妘蘭對面的位置，詢問妘蘭：「我可以先坐下嗎？」

這令妘蘭有些爲難，害怕快要下班的景松看到，但心中卻是相當欣喜的，她猶豫了一下，便點點頭，示意他們坐下。

衛明關切地說：「妳……這幾年好嗎？」

妘蘭點點頭：「景松對我們都很好。你呢？跟玉華怎樣？」

衛明：「我們已經離婚了。她現在的老公對她很好。」

妘蘭感覺到衛明的孤單，也知道這一切大部分是因爲她的原因，但是，即使她對衛明還是動心的，她也不可能放棄現有的幸福，不可能背棄在乎她的景松：「你……沒有考慮再婚嗎？」

衛明：「沒有。我有仲理以及家人的陪伴就夠了。」

妘蘭：「隆恕……還好嗎？」

衛明笑笑：「嗯！他跟我母親現在簡直就是相依爲命，我母親可能因爲年紀大了，沒有那麼多力氣發脾氣了。」

對妘蘭來說，看到隆恕以及衛明過得快樂相當重要。

忽然，小恩看著門口，叫著：「爸爸！」然後以蹣跚的腳步朝剛進門的景松跑去。妘蘭是在相信景松對她的信任之下，答應衛明坐在同一桌的，這時，她表現得相當坦然。她與衛明一同站起來，妘蘭向景松介紹著：「這是衛明，已經很多年沒見了，很巧今天在這裡遇到。」

景松笑笑地跟衛明握手：「你好，我是妘蘭的老公，景松。」

衛明也很坦然地說：「你好，原來你就是大家傳說中妘蘭的好老公，幸會幸會。」

三個大人同坐一桌，很愉快地聊了起來。

※　　　　※　　　　※

一年過去了，衛明為了避免影響妘蘭及景松的感情，所以一直都沒有試圖打電話找妘蘭，他一直默默地祝福著他們美滿的婚姻。

而妘蘭也因為害怕兩人之間的情愫再度引爆，所以也只是將衛明藏在心裡最深的角落，不敢輕易再去碰觸，以免再度傷害景松。

但有一天，忽然美津打了通電話。

「妘蘭嗎？我是美津啦。」美津以急促的口吻說。

妘蘭聽出美津的急促說：「美津，發生了什麼事啊？」

美津說了一個令妘蘭無法接受的消息：「妳知道嗎？我剛剛瞥見昨天的報紙，上面說衛明的兒子昨天早上在加護病房裡過世了耶。」

妘蘭聽到這個消息，整個人呆住了。

美津知道這消息會給妘蘭帶來多大的震撼，為了讓妘蘭平靜一點，她繼續說：「但是我不確定是不是我們所認識的那個衛明，我無從查證起……」

但其實美津已經相當確定就是這個衛明，因為報上寫著衛明公司企業的名稱。

妘蘭沉默了一會兒，心如刀割，不能置信地說：「怎麼會這樣？爲什麼會發生這種事？」

美津擔心妘蘭無法承受，於是說：「我現在過去找你，把報紙拿給妳看。」

掛了電話後，妘蘭焦慮地翻找家中的報紙，但傭人已經盡職地將昨天的報紙拿去回收了，所以妘蘭就翻找今天的報紙，但都沒有看到這一條新聞。

於是妘蘭又開了電視，不斷地轉著新聞台，但也都沒有報導。

這時電鈴「叮咚」響起。

妘蘭幾乎是整個人跳起來開門。

兩人看著美津手上的報導，美津邊看著報紙邊唸：「衛明前妻及她丈夫綁架小孩，勒索一筆錢，衛明交付贖款後，他前妻並沒有依約放人。」

她看看妘蘭，又繼續唸：「在他們準備搭飛機逃亡出境的路上，剛好遇見警察臨檢，他們忽然急駛加速逃逸，結果就跟一輛迎面而來的大卡車相撞，兩個大人當場死亡，小孩子在醫院掙扎了三天，仍回天乏術……」

妘蘭流下眼淚：「仲理……這麼可愛的小孩，老天爲什麼要這麼折磨人？」

她抬起頭來看著美津：「美津，我一定要去見衛明……妳……可不可以陪我去？」

美津了解妘蘭與衛明之間不曾熄滅的感情，於是提出了個衷心的建議：「當然可以，他現在應該很需要妳，但妳應該先知會景松一聲，或許由他陪妳一起去比較好。」

妘蘭搖搖頭說：「我怕見到衛明後，會控制不住自己的情緒，這樣對景松不好……」

美津想想也對，於是有點擔心地說：「也對但妳千萬可別做傻事啊！」

妘蘭點點頭說：「我會跟景松提這件事的。」

美津離開不久，景松就回家了，見著妘蘭紅腫的雙眼，急切地問：「發生什麼事了？」

妘蘭：「衛明的兒子仲理死了。」

景松並沒有表現出太過驚訝的樣子，反而說：「我昨天有看到報紙。」

妘蘭非常訝異地看著景松，不明瞭爲什麼他沒跟她說這個消息。

景松看出妘蘭的質疑說：「我不知道該不該跟妳說這件事，很害怕你們會因此而接近……害怕妳會離開我。」

妘蘭：「原來你到現在還不信任我？如果要在一起，當初知道他離婚了，我爲什麼不繼續跟他聯絡？」

妘蘭趁勢說：「明天我跟美津會一起去看他。」

聽到她的決定，景松不安地摟住妘蘭說：「我相信妳。」

＊　＊　＊

妘蘭想到要去見衛明，就會見到隆恕及他的太太，心中覺得有些不安，但爲了能夠安慰衛明，妘蘭鼓起最大的勇氣，去面對這種種過去。

衛明家門口果然如妘蘭預期般，停了許多黑頭轎車，而且過來慰問的訪客，也是絡繹不絕。

妘蘭鼓起勇氣走了進去，但並沒有看到隆恕和他妻子及衛明的身影，只是衛明的一些旁系血親在招呼客人。

美津詢問了一個招呼人：「請問一下，姜衛明在嗎？」

那人擔心地指著樓上回答：「自從仲理走後，衛明就一直把自己鎖在房門內……」

美津用手比比自己跟妘蘭問：「那麼我們可以上去找他嗎？」

那人問：「妳們是……」

美津：「我們是他多年的好朋友，很擔心他的狀況。」

那人面有難色地說：「恐怕不太方便，我之前已經帶許多人上去了，但衛明卻硬是不肯開門，連飯也沒吃……我會轉達妳們來過的訊息給他。」

妘蘭聽見衛明這樣封閉自己，心中不免一陣絞痛。

美津：「可不可以麻煩妳帶我們上去，如果他不肯開門，我們就離開。」

那人勉爲其難地說：「好吧！妳們跟我來。」

三個人上了二樓，停在最底間的門前，那人示意美津她們敲門。

妘蘭敲敲門：「衛明……是我，妘蘭。可不可以請你開門？」

等了一會兒門開了，等妘蘭及美津進門後，衛明跟那人點了個頭，就把門關上。

妘蘭見著幾天不曾進食的衛明，鬍渣掛了滿臉，一身邋遢，不覺一股心酸湧出。

他們坐在房內的小客廳內。

妘蘭擔心地問：「你……還好吧？」

衛明因爲強壓抑住自己的情緒，所以沒有做出任何的回應。

美津看出是自己在場讓衛明無法表露自己的難過，於是起身告辭：「我還有點事，先離去了。你們好好聊。」

妘蘭非常感謝美津的體貼。

等美津走後，衛明將妘蘭緊緊地抱在懷裡，抽蓄著，不讓妘蘭看見他在哭泣。

妘蘭也緊緊抱著衛明，輕輕地撫拍他的背。

幾分鐘後，衛明將妘蘭放開，自己縮進單人沙發裡，雙手緊掩著面容。

妘蘭一隻手扶在衛明的肩上，蹲在衛明腳邊，另一隻手輕撫著衛明的頭髮，然後將雙手輕放到他的腿上。

之後，衛明將手握住妘蘭輕放在他腿上的手。

衛明看妘蘭說：「謝謝妳過來看我。」

妘蘭：「聽說你已經很久沒進食了，我去請人幫你端東西過來好嗎？」

衛明：「我實在沒有食慾，吃不下東西。」

妘蘭：「你這樣怎麼行呢？日子還是要繼續過下去的……」

妘蘭握著他的手：「你看，你的手這麼冰冷……」

隨即，她轉身到櫃子上，幫衛明端了杯熱水。

衛明接過杯子：「謝謝。」

妘蘭看看桌上以及地板上空置的酒瓶：「你不能一個人這樣喝悶酒啊！」

看著消瘦的衛明，妘蘭說：「你陪我吃飯好不好？我肚子餓了。」

衛明：「對不起……我現在真的不想出去。」

妘蘭：「那我請樓下的傭人煮鍋粥，我們一起吃好嗎？」

衛明見妘蘭如此堅持，於是點點頭答應。

妘蘭到樓下吩咐了一聲，隨即又上樓。

只見衛明站到大窗戶旁，望著窗外的景色。

妘蘭也走到衛明身邊，輕輕地牽著他的手。

兩人就這樣靜靜地。直到傭人敲門送粥進來。

妘蘭牽起衛明的手：「我們去吃粥吧！」

衛明跟著妘蘭的腳步，坐了下來，慢慢地將粥一口口送入嘴裡。

即便衛明是勉強地吃著，但妘蘭總是較爲寬慰了。

吃完了以後，見衛明依舊心事重重，妘蘭希望衛明將自己的情緒宣洩出來。

於是妘蘭開口問：「你願意跟我說，事情是怎麼發生的嗎？」

衛明抬頭看著妘蘭，很難啓齒……

妘蘭：「沒有關係，你可以信任我，不需要太過壓抑自己的情緒。」

衛明眼淚隨即流出……

妘蘭不住地撫拍著他顫抖的背，將臉頰緊緊地靠在他的背。

等到衛明比較平息時，他說：「如果我早答應他們的要求要求……就不會發生這種事了……」

妘蘭感受到衛明的無助。

衛明繼續說：「半年前，玉華的老公經商失敗，就叫玉華來跟我借錢，我知道她的生活變得很糟，所以就給了他們一筆錢，但我強調就僅只一次。」

他又說：「但大概一個月後，玉華又來跟我借錢，當時我不肯借。第二天，玉華就跟她丈夫一起來要錢，說那是我應該給玉華的彌補金，我又堅持不給，最後還叫警察來把他們趕出去。」

衛明的面色愈來愈凝重：「兩個月前，他們在仲理上學的途中，將他綁架，跟我勒索了三千萬，還威脅我不准報警。」

他說：「我按照他們的指示付了贖款，結果卻等不到仲理。這段時間，我不知道應不應該報警……但又害怕從此失去他。」

衛明繼續說：「就在我準備報警的時候，玉華打了通電話過來說仲理還在他們那裡，她準備把仲理帶走……」

衛明無助地看著妘蘭：「我真的不知道應該怎麼辦，但至少他還活著，是件令人欣慰的事。」

「於是我決定找徵信社打聽玉華的下落，循私人的途徑將仲理搶回來。」衛明說。

衛明痛苦地說：「但沒想到，他們大概以為我去報了警，正當他們要逃離台灣，在去飛機場的路上，為了逃避警察的臨檢，衝撞一輛迎面而來的大卡車。」

衛明又將臉深埋在雙手裡。

他臉也沒抬就說：「仲理在醫院裡搶救了三天三夜，回天乏術……」

妘蘭知道自己沒有辦法用言語安慰他，於是蹲在他面前，雙手緊摟著衛明。

這時，又一陣敲門聲，門外響起景松的聲音說：「很抱歉，我來接妘蘭回去。」

衛明抬頭看看妘蘭：「妳該回去了，謝謝妳來看我。」

妘蘭：「我過兩天再來。」

於是，妘蘭隨景松回家。

＊　＊　＊

景松跟妘蘭兩人在回家途中一直默默不語，景松專心地開著車，妘蘭則一直望著窗外。
景松終於打破沉默先開口：「狀況還好嗎？」
妘蘭這才回過神：「什麼狀況？」
景松：「衛明狀況還好嗎？」
妘蘭訕訕地說：「還好。」
景松：「怎麼會發生這樣的事情？」
妘蘭簡單地描述事發的經過。
景松聽完後，並沒有對整個事件發表任何想法，只是突兀地說：「那隆恕呢？怎麼沒有看到他？」
妘蘭有點反感地說：「他老婆前幾天去美國看病，後來聽到孫子過世的消息，病情加重，所以隆恕留在那裡照顧他老婆。」
景松又繼續專心地開著車。
過一會兒他說：「那衛明現在應該會很無助。」
妘蘭感到有點不耐煩地質問：「你怎麼會有衛明家的地址？」
景松壓抑住自己的情緒：「因爲妳一個下午都不在，連通電話也沒有……而且現在已經晚上八點了，妳早該回家吃晚飯了。」

景松刻意用舒緩的語氣說：「我是擔心妳的安危，不知道發生了什麼事，所以打電話去問美津。」

妘蘭：「是美津主動跟妳說衛明家住址的？」

景松繼續說：「不是。美津說她有些事情所以先離開了，不知道妳是否還在那裡。」

他說：「美津說她正準備過去載妳回來，我不想麻煩她，所以跟她說我自己去載妳就好了，所以美津就給我衛明的地址。」

妘蘭終於將她的不滿表達出來：「你知不知道，你不應該闖入衛明家的……」

妘蘭繼續補充：「你那樣做很令人難堪，尤其是在衛明發生這種事的時候……」

景松也爆發他的情緒，將他的不安表達出來：「有什麼不妥？妳是我的老婆，妳在舊情人的家裡一待就是一個下午，而且兩個人關在房間裡……」

他繼續說：「難道這樣子就妥當嗎？」

妘蘭非常生氣地說：「我跟他的關係已經過了這麼久，而且我們也不算有在一起過，你竟然可以這麼的不信任我？」

妘蘭繼續說：「我們已經共組了一個家庭，有了小孩，你認爲我會做出對不起家裡的事情嗎？」

景松知道自己的懷疑有點過分，於是說：「我只是太在乎妳了……我很害怕在妳心中有別人比我更重要。」

妘蘭難過地說：「太過分了，我們已經結婚這麼久了，你竟然對我年少時候的一段情愫耿耿於懷。」

於是妘蘭落下眼淚。

景松趕忙抓住她的手說：「眞的很抱歉，我不會再做出這樣的傻事了。」

「原諒我，好嗎？」景松看著妘蘭說。

妘蘭點點頭，但堅持會再去探望衛明：「這陣子我還是會過去陪陪衛明，但我都會請美津一起過去。」

爲了讓景松放心，她繼續說：「我過去那裡不會超過一個下午，如果美津有事要先走，我會跟著她一起離開的，請你放心，或者，你可以隨時打我的手機。」

景松心裡不是滋味地同意了妘蘭的要求，但也因此覺得妘蘭是問心無愧，才開得了口做出這樣的要求。

「放開心胸吧！你這傻瓜。」景松在心裡勉勵自己。

＊　＊　＊

過了兩天，妘蘭找美津一起去看衛明。

自從那天妘蘭到訪後，衛明才開始稍微有進食，狀況看起來比之前好多了，但依然意志消沉，許多新的空酒瓶倒臥在地上。

衛明幫她們開門後說：「很抱歉讓妳們看到我這麼狼狽。」

妘蘭：「沒有關係的，你看起來已經有起色了。」

衛明：「謝謝妳來看我，我有沒有給妳添麻煩？」

妘蘭：「沒有啦，你千萬不要掛心，那天眞的很抱歉……」

衛明：「景松同意讓妳來這裡嗎？」

妘蘭：「嗯！我有跟他提過。」

衛明：「我看……妳還是少點過來好了，不需要擔心我。」

妘蘭看出衛明的好意，於是點點頭。

美津在一旁見狀，也不方便說什麼，只能到處看看，看到什麼新奇的事物就閒扯一下，多數的時間是坐在一旁靜靜微笑。

兩人離開衛明家後，就找了一家咖啡廳坐了下來。

美津詢問：「那天景松有去接妳嗎？」

妘蘭：「有啊，他直接到衛明的房間敲門，說要接我回家。」

美津：「妳千萬別太責怪他，他是擔心妳才會這樣的。」

妘蘭：「他就是沒有信任過我，他不相信我對他的感情。」

美津：「也不能這樣說啦，只是，妳也知道每個人都很容易因爲同情，或者因爲對方不幸的遭遇而鬆懈了界線……」

妘蘭：「可是我跟衛明那天眞的沒有怎麼樣啊！那很像是去安慰一個親人一樣，給對方一個扶持。」

美津：「那是因爲你們都還在這個不幸事件的情緒當中，如果哪一天，一種接近的渴望忽然跑了出來，那妳會不會在那一刻失去防備？」

妘蘭不敢相信地問：「連妳也不相信我？連妳也覺得我會背叛我的家庭？」

美津：「有些事情還是提防點好，我知道那也是妳不願意見到的結果，但有些事情是需要先提防的，才不會到時候措手不及。」

美津繼續補充：「現在已經不是誰不信任誰，誰會對不起誰的問題了，而是要去想到一些妳不願意見到的結果，並加以防範。」

妘蘭心想也對：「所以我會找妳陪我一起過去啊！」

美津無奈地說：「唉！妳知道我在那裡多無聊嗎？我多麼像是在你們中間拉出的那條橫溝，如果有人越界，我就要吹口哨阻止犯規。」

妘蘭覺得美津的形容非常有趣，於是笑了出來。

美津做個鬼臉說：「還笑呢！我還不是爲了妳才去扮演這種吃力不討好的角色。」

妘蘭：「好啦！我會儘量減少探望衛明的機會。」

美津：「但妳不要因此不找我陪，我要扮演好這個裁判的角色。」

妘蘭察覺出美津也覺得她跟衛明見面是件相當不妥的事，因此妘蘭特別注意自己心裡的意向。

看看手錶，已經快要六點了，於是妘蘭說：「可不可以請妳載我回去做景松的好太太？」

美津笑笑說：「非常樂意。」

卷八

衛明假裝隆恕不認識妘蘭，跟他們介紹：「爸、媽，這是我的好朋友，妘蘭。」

姜太太一聽到妘蘭的名字，臉部線條馬上垮了下來，眼神裡充滿敵意：「難怪我覺得妳很面熟，妳怎麼還有臉踏進我的家門？滾，妳馬上給我滾，我不想再看到妳了……」姜太太的聲音雖然無力，但卻充滿了強烈的情緒。

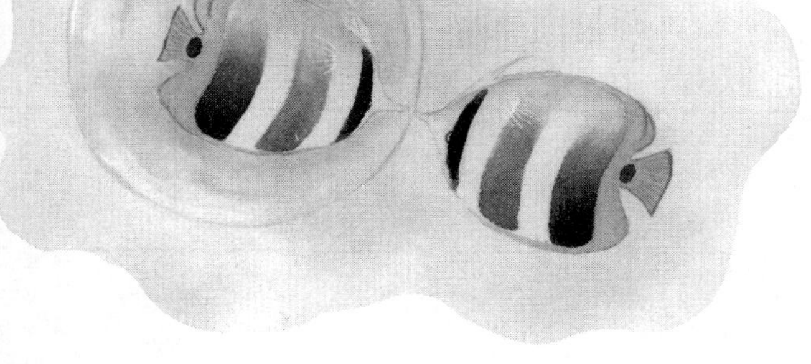

自從上次外遇事件之後，景松一直都維持著優良老公的形象，晚上如果有加班應酬，都會打個電話報備，有時加班到八點多，也會回家吃晚飯。妘蘭回想著這一切，也就對那天他跑到衛明家的事情釋懷了。

景松準時回家，一見到妘蘭在家等他一起吃飯，心裡高興極了。

於是跑過去親親妘蘭的額頭說：「這麼乖呀，準時回家。」

妘蘭：「對呀，要趕快回家當好太太，否則有人醋罈子又要打翻啦。」

拿這件事情開玩笑，雖然對他們來說都有點尷尬，但卻讓這件事情變得輕鬆，而且似乎增加了彼此的信任度。

＊　＊　＊

妘蘭後來大概每個禮拜都會和美津一起去探望衛明。這一天，她又打電話告知衛明她們要過去。

衛明的聲音忽然猶豫了起來：「可是，我父母已經回來了，妳確定要過來嗎？」

妘蘭也猶豫了一下，心想：「該面對的遲早要面對。」

而且她也好久沒見到那個曾經如父親般疼愛她的隆恕。

於是她說：「嗯！碰個面也好。」

等美津來接她時，她跟美津說：「隆恕跟她太太都在……」

美津疑慮地說：「那妳確定要去嗎？」

妘蘭點點頭：「總是應該去面對的，也會想去看看他……」

美津能體諒地說：「也是啦！畢竟那時候他對妳情深義重。」

妘蘭回想著，當初她因爲衛明而離開隆恕，隆恕卻一點也沒責怪過她，反而還一直默默幫助她的學業與事業，就像自己的父親一樣。

到了衛明家，妘蘭稍微遲疑了一下，心想：「不知道會遇到什麼樣的場面。」

衛明親自衝下來開門，看見妘蘭有些不知所措的樣子，於是摟著她的臂膀說：「沒關係，有我在。」

妘蘭與美津隨著衛明進入客廳。

妘蘭一眼就看見英姿依然的隆恕，心疼他頭上遍佈的白髮及沒有笑容的臉龐。

一旁坐在輪椅上的就是他的太太，體型消瘦，但卻餘韻猶存，皮膚雖然乾老，但仍雍容華貴。

隆恕一看到妘蘭，眼神裡即刻顯現複雜的光彩。

衛明假裝隆恕不認識妘蘭，跟他們介紹：「爸、媽，這是我的好朋友，妘蘭。」

姜太太一聽到妘蘭的名字，臉部線條馬上垮了下來，眼神裡充滿敵意：「難怪我覺得妳很面熟，妳怎麼還有臉踏進我的家門？滾，妳馬上給我滾，我不想再看到妳了……」

姜太太的聲音雖然無力，但卻充滿了強烈的情緒。

在場的其他人都有點訝異，沒有人知道她哪時候知道妘蘭跟隆恕的事。

妘蘭當場楞在那裡。

姜太太像是歇斯底里般，自己推著輪椅到她面前控訴著：「妳以為我這麼好欺負嗎？妳背著我勾搭我的丈夫，又勾引我的兒子，把我們全家害得這麼慘……」

她喘口氣又說：「後來因爲妳，所以我的兒子才會娶到那個把我孫子害死的賤女人……」

她像是想出這口氣很久地，繼續又說：「妳現在又來幹嘛？來看我們家笑話嗎？還是要再來破壞我的家庭？」

隆恕不知道，她竟然將這件事情隱藏在心裡這麼久。

隆恕趕快來制止她繼續發作：「妳怎麼……」

她誤會他的意思：「我怎麼知道嗎？我在你們通姦的時期，請了徵信社去跟蹤你們……」

隆恕有點不捨地說：「都已經過去，不要再放在心上，讓自已痛苦好嗎？」

姜太太：「我永遠不要再看到這個女人，你把他趕走……快。」

妘蘭覺得很抱歉：「姜太太，眞的非常抱歉，我馬上就離開。」

於是她跟美津一同往門口走，衛明跟了出來：「不好意思，我母親因爲仲理的事情，躁鬱症的病情加重不少，有空的話，改天我請妳們一起吃個飯。」

妘蘭：「沒有關係，本來就是我的錯……」
她又繼續說：「改天見。」
她們離開衛明家後，美津開著車問：「想要去哪裡走走嗎？」
妘蘭難過地哭了：「我沒想過，我竟然帶來這麼大的傷害……」
美津：「都已經那麼久以前的事了，妳不要太自責，而且，相信妳的陪伴，對隆恕來說，是很重要的……」
美津也不知道該如何安慰妘蘭，因爲她也是搶人老公的那種「狐狸精」。
美津問：「妳想要去哪裡散心嗎？」
妘蘭：「不用了，直接載我回家好了，謝謝妳。」

＊　＊　＊

妘蘭回家後，就到房裡痛哭，她回想她對衛明一家人造成的傷害，久久無法釋懷……
這時，電話鈴聲響起。
衛明在電話那頭說：「我現在在妳家前面，妳出來一下好嗎？」
妘蘭走了出去。
衛明：「上車，我帶妳去散心。」

妘蘭有點猶豫：「那我們一起去找美津出來。」

衛明：「妳放心，我不會做出越軌的事的，只是想跟妳說些話。」

妘蘭心想：「也好，美津在的時候，有些關心的話眞的不方便說。」

於是她就上了車：「可是你要在晚餐之前載我回家。」

衛明：「沒問題的。」

於是衛明開著車，再度帶她到野薑花田。

兩個人看著野薑花田，許多回憶都一一浮現。

衛明牽起妘蘭的手，深情地看著她：「這陣子，謝謝妳來陪我，陪我度過這最煎熬的時候！」

他繼續說：「如果不是妳，我不知道什麼時候才能站起來，不知道會消沉到何時……」

他提到隆恕：「我父親，在那一段日子裡，妳也是他最重要的支柱……」

他很愧疚地說：「我母親，請妳不要太在意她剛剛說的話！」

雖然妘蘭覺得自己確實不應該介入別人的家庭，但聽到衛明這樣說，減輕不少她內心的痛苦。

而這痛苦，除了衛明一家人，沒有別人可以幫她紓解。

她更不敢將今天在衛明家發生的事情告訴景松。

於是，她將內心的壓力一股腦地在此刻宣洩，不禁痛哭了起來。

衛明心疼地將她抱入懷中。

一晃眼，天就快黑了，妘蘭說：「你可以載我回家嗎？」
衛明很體貼地載她回家。
衛明載妘蘭到家門口時，剛好景松從停車處走往家門，但妘蘭及衛明並沒有注意到他。
在妘蘭開車門前，景松看見衛明用手指撫觸一下妘蘭的臉龐。
待妘蘭進門後，景松過了一會兒才進門。
見妘蘭不說話，景松故意問：「今天還好嗎？」
妘蘭怕景松猜疑，所以故意隱瞞：「我今天去了衛明家。」
其實妘蘭去見衛明前，都會先跟景松報備，而景松也都沒問過當天的狀況。
景松：「衛明還好嗎？」
妘蘭：「嗯！他的狀況已經好轉了。」
景松：「美津有陪妳去嗎？」
妘蘭輕輕點點頭，沒說話。
景松：「是美津載妳回來的？」
妘蘭有些慌，但並不想將今天的窘狀，會跟衛明單獨出去的原因告訴景松。
於是妘蘭也默默地點頭。
這時，景松已經認定妘蘭都是瞞著他單獨去會衛明的，他們必定已經舊情復燃。

※ ※ ※

第二天過了吃晚飯的時間，景松並沒有打電話回家，告訴妘蘭要加班，妘蘭等到很晚，景松都沒回來。

晚上十點多景松才回到家。

妘蘭說：「你餓了吧，我幫你把飯菜加熱。」

景松：「不用麻煩了，我已經吃過了」。

還沒吃晚飯的妘蘭有點錯愕。

景松：「最近我比較忙，你不用等我吃晚餐了。」

「我累了。」說完，景松逕自走進浴室洗澡，並且回房睡覺。

這種熟悉的感覺，令妘蘭有些焦慮，但她告訴自己：「不會的，我應該要相信景松，否則，我也沒有資格要求他相信我。」

連續幾天，景松果然都沒有回家吃晚餐，但忙到很晚都會回家睡覺。

妘蘭的心情有點煩悶，於是找美津出來。

美津：「怎麼看妳無精打彩的。」

妘蘭：「景松最近都很忙，我們已經一陣子沒能好好講話了。」

美津覺得不對勁：「怎麼會這樣？妳可要多注意啊！他都有回家嗎？」
妘蘭：「有啊，只是總拖著一身疲憊。」
美津：「這樣的狀況持續了多久？」
妘蘭：「大概半個月了。」
美津：「這是哪時候開始的？」
妘蘭回想了一下：「那天，我們最後一次去衛明家那天……」
美津：「那天，妳有把跟衛明母親見面的事告訴景松嗎？」
妘蘭：「沒有，後來衛明有來找我，跟我聊了一下，令我比較釋懷。」
美津聽了趕忙追問：「他去妳家找妳嗎？」
妘蘭：「對呀，然後我們去了陽明山，之後他在晚飯前載我回家。」
美津：「會不會被景松瞧見了？」
妘蘭才聯想起那天景松的問話：「那天他很反常地問我當天的狀況，他以前都沒問的……」
美津：「那妳怎麼跟他說？」
妘蘭：「我因爲怕他猜疑，所以沒說實話，只說是妳陪我去找衛明的……」
美津：「那……有點糟糕せ。」
她繼續說：「我想，景松應該是看到那天的情形，以爲妳跟他舊情復燃了！」

妘蘭：「那我該怎麼辦？」

美津：「你直接告訴他那天妳為什麼說謊。」

妘蘭有點為難：「我對那天的事很難啓口。」

美津焦急地說：「再怎麼難啓口，為了挽救婚姻，妳都要跟他說。」

妘蘭：「可是，景松會相信嗎？」

美津：「總是要試試啊。」

⁕　⁕　⁕

晚上，妘蘭坐在客廳等景松回家。

景松一進門，就看見妘蘭坐在椅子上。

景松：「這麼晚還沒睡啊？」

妘蘭：「有件事情我想跟你談談。」

景松也在沙發上坐了下來說：「什麼事？」

妘蘭：「我半個月前……我去衛明家……」

見景松沒有反應，她繼續將那天發生的事情告訴景松。

妘蘭說：「我當時不敢告訴你，因為怕你懷疑我跟衛明的關係……」

景松假裝不在乎地說：「怎麼現在突然想跟我坦白呀？」
妘蘭：「我以爲，你最近這麼晚回來，是因爲發現我欺騙你……」
景松邊走進房間邊說：「我只是累了。」
然後就回房睡覺。
妘蘭有種不好的預感，但卻又認爲是自己多心，於是也回房睡覺。

＊　＊　＊

見到景松的狀況一直沒有改善，美津建議：「妳要不要找人去跟蹤景松？」
妘蘭：「難道妳認爲他有外遇嗎？」
美津：「我也不知道，搞不好他最近眞的很忙，如果是那樣，妳就可以安心了。」
妘蘭擔心地問：「如果……他眞的外遇了……那……我該怎麼辦？」
美津：「如果眞是那樣，妳還會想要繼續這婚姻嗎？」
妘蘭：「我沒想過要離婚，我們還有小恩……」
美津：「可是，妳也不能放任這樣的狀況繼續下去啊……總要知道要怎麼跟他談吧！」
她繼續說：「他現在不願意跟妳談，但妳總要找出個頭緒，否則，妳要等到什麼時候？等到他回心轉意嗎？」

妘蘭：「我會好好想想妳的建議的。」

那幾天，妘蘭都試圖跟景松談，但景松耐心地聽她說完後，都說他只是最近比較忙，並且跟她道歉，沒法好好陪她……

於是，妘蘭請美津幫她找個可靠的徵信社。

妘蘭無奈地說：「沒想到，我要做出跟隆恕老婆一樣的事情，真是報應。」

美津：「不要這樣想，總是要解決問題的。」

一個禮拜過後，徵信社將跟蹤所拍的照片交給妘蘭。

妘蘭打開信封一看，不敢相信自己的眼睛，眼淚像自來水般流出。

晚上，妘蘭在客廳等景松回家。

她將照片攤在桌上：「你又跟小安復合了？」

景松不帶任何情緒地說：「妳已經知道了。」

妘蘭：「這是為什麼？」

景松：「妳跟他已經復合了，那我就回到小安身邊。」

妘蘭心痛地說：「我跟衛明眞的是清白的。」

景松：「妳叫我怎麼相信你們是清白的？」

他繼續平靜地說：「妳為了他說謊，妳叫我怎麼再相信妳？」

妘蘭幾乎不相信自己的耳朵：「你就為了那天的事情，就這樣對我？」

景松：「我已經想過了，我太在乎妳了，所以沒有辦法再相信妳，也沒有辦法再原諒妳……」

妘蘭：「我需要你原諒我什麼？」

景松：「妳到現在還那麼在乎衛明，這一點，妳無法否認……」

妘蘭：「我的確還很在乎他，但是，我也很在乎你，在乎這個家啊！」

景松：「我是為了女兒，所以，還讓這個家維繫下來，我眞的……受不了……受不了妳那麼在乎另一個男人！」

景松繼續說：「我們再談也無益，事實就是如此……」

妘蘭幾乎傻眼，心想：「怎麼會這樣？我眞的是這樣嗎？」

妘蘭自己在家裡悶了好幾天，接到美津的電話。

美津：「最近怎麼樣？有消息嗎？」

妘蘭冷靜地說：「他又跟上次那女生在一起了。」

美津不敢相信地問：「你們談過了嗎？」

妘蘭：「談過了。」

美津發覺妘蘭異樣的冷靜，於是說：「我過去找妳，妳等我。」

美津很快就衝到妘蘭家。

美津看見妘蘭似乎沒什麼異狀，但卻面無表情，知道事情不妙。
於是她繼續在電話裡的話題：「他怎麼說？」
妘蘭：「他說沒有辦法再相信我了，繼續下去，也只是爲了女兒……」
美津不知道該怎麼辦，看到妘蘭鎮定的神情，她知道她已經做了些決定。
於是她問：「妳決定怎麼辦？」
妘蘭：「放他自由。」
美津：「妳不再繼續爲你們的婚姻努力嗎？」
妘蘭：「我擔心的，也是小恩的問題，怕她沒法適應……」
美津：「妳放得下嗎？妳甘心嗎？」
妘蘭：「我不想像隆恕的老婆一樣，儘管妳知道對方對感情很深，但有些東西沒了就是沒了，再怎麼努力也沒用」。
妘蘭：「而且，我知道那個女的很愛景松，她可以給景松最完整、最安全的愛……」
妘蘭繼續說：「景松說得對，他眞的很了解我，他並不是我最愛的男人……」
美津：「那妳打算離婚嗎？」
妘蘭：「那樣應該是最好的，但是我放不下女兒！」
美津：「妳再好好考慮，眞的沒法挽救嗎？」

妘蘭沉默，搖搖頭。

＊　＊　＊

自從妘蘭跟景松談開後，景松依舊很晚回家，甚至有時候索性就在外面過夜。

妘蘭覺得，再這樣下去也沒什麼意思了，只是造成彼此的不快樂，於是這天，她等景松回來後，直接跟他談判。

景松見到妘蘭坐在沙發上：「妳還沒睡啊？」

妘蘭：「我有事情想跟你談……」

景松坐到沙發上：「什麼事？」

妘蘭：「如果我們離婚，那麼小恩……」

景松像是已經考慮了很久，在妘蘭提出問題的時候，就立即說：「我希望小恩能跟我。」

妘蘭覺得他這樣做太過殘忍：「你們可以再生小孩，女兒讓別人帶，我不放心……」

景松：「她沒有辦法生小孩，會把女兒當作親生的。」

景松又補充：「她是一個很有耐心，而且疼愛小孩的人，所以，這些妳不需要擔心。」

他又繼續說：「而且，帶著一個小孩在身邊，對妳也不好……」

妘蘭：「這我並不擔心，畢竟小恩是懷胎十個月生下的……」

景松：「如果妳堅持要離婚，我就會堅持小孩歸我，但妳可以常來探望小恩。」

妘蘭：「我想要離婚也是你逼我的啊！」

妘蘭眼淚不覺流出：「你這個樣子，叫我怎麼再繼續這個婚姻啊！」

景松：「妳應該知道，最原初的問題不在我身上，這我也很難啓齒……」

景松痛苦地說：「我覺得非常丟臉，自己不是老婆的最愛……」

他用手抓著自己的頭髮說：「妳以爲我願意嗎？」

妘蘭只好說：「那我必須先見到小安，確定她可以照顧女兒。」

景松：「好，我明天就安排妳們見面……」

妘蘭：「我想單獨跟她會面。」

景松：「那要小安過來嗎？」

妘蘭：「不用，應該是我過去拜訪她。」

第二天，景松就載著妘蘭，到達小安的住家，一棟別墅。

小安很快就親自出來開門，她穿著一身及膝的輕便洋裝。

景松跟她打了個招呼。

然後跟妘蘭說：「妳要離開的時候打個電話給我，我就來接妳。」

隨後就開車離去。

小安領著她走進門，客廳雖然不似妘蘭家氣派，但空間寬闊而舒服，一看就知道是女主人在經營這個空間。

小安帶她到三樓頂樓，越過落地玻璃窗，到達頂樓陽台。

小安看著妘蘭說：「我們坐屋外有自然風的地方聊聊如何？」

妘蘭看著頂樓，花木扶疏：「這些都是妳自己種的嗎？」

小安：「對呀，我請人家把材料運上來，自己栽種的。」

妘蘭：「那也是妳自己照顧嗎？」

小安：「嗯，我每天都會來幫它們澆水，定期施肥、修剪。」

她帶妘蘭走到有遮陽傘的座位下：「坐這兒聊，好嗎？」

妘蘭坐下後，小安說：「想喝咖啡還是茶？」

妘蘭：「這裡的景色，適合喝杯下午茶。」

小安：「好，妳等一會，我去泡。」

妘蘭看著小安離去的背影：「難怪景松會愛上她。」

才剛跟小安見面，妘蘭對她的印象就不錯，她想：「應該是個值得信任的人。」

溫暖但沒有太陽的天氣，坐在這裡，清風及花香拂面，稱得上是人生的一大享受。

隨後，小安就端著兩壺茶，兩組茶杯，以及兩份點心上來。

妘蘭啜了口茶：「嗯！有薰衣草的香味。」

小安：「是的，這確實是薰衣草茶。」

小安又說：「點心也是我自己烘培的，嚐嚐看。」

妘蘭：「嗯！手藝很棒。」

小安不好意思地說：「謝謝。」

妘蘭想緩解一下氣氛：「這感覺，好像我是來面試的主考官……」

兩人相視而笑，消解了原本有的尷尬。

妘蘭：「聽說妳非常喜歡小孩？」

小安：「嗯！很早之前就想要有小孩了……」

妘蘭：「景松沒告訴我，這樣問可能太冒昧了，但……」

小安：「我知道，妳是想問我爲什麼沒生小孩？」

見妘蘭微笑，小安繼續說：「以前是因爲沒有找到可靠的男人，光靠自己的力量，沒有信心能養好小孩……」

她又說：「現在，覺得可以生小孩了，才發現自己沒有生育能力……」

妘蘭：「如果女兒交給妳，我還可以跟她見面嗎？」

小安說：「當然可以，妳想要見她時，只要打通電話知會我們就行了。」
小安繼續說：「妳也可以來我們這裡看女兒……」
她又說：「妳也還會是她的媽媽……」
妘蘭見她如此明事理：「這樣，妳不會覺得影響妳們的家庭嗎？」
小安：「不會的，只要她願意跟我親近，也把我當親人一樣，就行了。」
小安補充：「但我會盡最大努力，讓我跟她成為親人的。」
小安握著妘蘭的手：「眞的很抱歉，我們做出這樣的事……」
她說：「景松不願意接受的事，我接受了……」
妘蘭不太懂她的意思。
小安說：「他不願意接受沒當他是最愛的妳，做他的太太，可是即使我不是他的最愛，但卻接受了當他的妻子……」
妘蘭不知道該如何安慰她，是幸或不幸，妘蘭自己也不知道。
小安又帶妘蘭參觀房子，走到二樓的一個房間說：「這裡以後會是小孩的房間……」
房間空間蠻大的，十幾坪，還有自己的衛浴設備。
妘蘭問：「那妳將來會是專職的家庭主婦嗎？」
小安：「嗯，家裡的一切我都會親自處理。」

在小安家待了一個下午，傍晚時，妘蘭打電話叫景松來載她。
景松：「我們一起吃個飯好嗎？」
妘蘭點點頭，景松帶她到君悅飯店。
坐定並點餐後，waiter先送了兩杯餐前酒。
景松舉杯跟妘蘭敬酒：「妳覺得怎麼樣？」
兩人啜了一口酒後，妘蘭平靜地說：「我相信你的眼光……」
她繼續說：「女兒要幫我照顧好……」
這時，妘蘭眼中泛著淚光。
景松看了非常不捨：「我眞的不願意這樣，只是……」
妘蘭說：「我了解……」
他們邊吃著餐點，一邊聊。
妘蘭說：「你們準備住在她那裡嗎？」
景松：「那邊其實挺舒適的，一方面，她怕別人說閒話，怕人家說她貪圖我的財產，所以堅持要住她那裡。」
景松繼續說：「我們住的地方，以後就是妳的了……」
妘蘭沒說什麼，繼續問：「我眞的可以隨時去看女兒嗎？」

景松：「當然，這一點，絕對跟妳保證……」

景松又說：「只是，我想妳來的時候，我恐怕比較沒有辦法出面招待妳……」

他繼續說：「因爲我怕我難過……」

妘蘭握著他的手：「我覺得很抱歉，但我眞的是愛你的。」

景松看著她，握起她的手：「我相信。」

飯後上飲料時，景松拿出一份他早已預備好的離婚條件明細，除了他們那棟房子外，他還給了妘蘭一大筆贍養費，裡面也保障了景松答應妘蘭，跟女兒見面的權利。

景松說：「這是我開出的條件，妳回去慢慢看……」

他又說：「想簽離婚證書的時候，就打電話跟我說……」

她點點頭。

景松問：「妳會需要我陪妳嗎？妳希望我晚上回去嗎？」

妘蘭搖搖頭：「不必勉強。」

她說：「但女兒還是先跟我一起住。」

景松：「當然，在沒簽離婚證書前，女兒都跟妳住……」

妘蘭點點頭，心裡自有打算。

卷九

妘蘭專注地欣賞作品，完全沒注意到衛明在她身後許久。

直到衛明開口：「妳也來看展覽啊？」妘蘭聽見身後傳過來衛明的聲音，她的眼淚不住潺潺留下。衛明從身後摟著她的腰：「我發誓不再讓妳離開我了。」

衛明一路上牽著妘蘭的手，深怕她跑掉。妘蘭想甩開他的手：

「你不要這樣嘛！我們……」

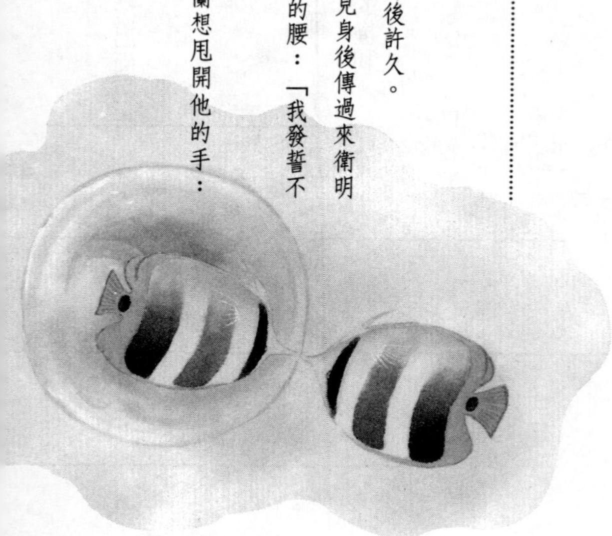

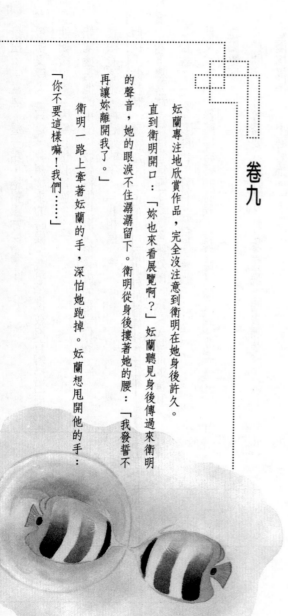

接下來的幾個禮拜，妘蘭都親自接送小恩上下學。

一天，小恩問妘蘭：「爸爸呢？怎麼都沒有看到他？」

妘蘭：「爸爸最近都很忙，過幾天妳就可以跟爸爸見面了。」

妘蘭繼續詢問小恩：「過幾天，爸爸會帶妳去跟一個叫小安的阿姨住，妳願意嗎？」

小恩好像發覺家裡的異樣，便問：「那媽媽也會去嗎？」

妘蘭：「媽媽會一直待在這裡，以後那個阿姨會照顧妳，還會教妳種花……」

她繼續說：「以後小恩要聽阿姨的話，跟阿姨還有爸爸一起住在溫暖的房子裡……」

小恩：「那媽媽什麼時候會接我回家？」

妘蘭：「以後那裡就是小恩的家了，媽媽的家在這裡，妳隨時都可以回來。」

小恩：「那會很遠嗎？」

妘蘭：「不會的，只要妳想回來，叫妳爸爸開車載妳過來就好了。」

她說：「去那裡也要像在這裡一樣，當個乖小孩，知道嗎？」

小恩懵懂地說：「知道了。」那個星期六，妘蘭就跟景松見面，兩人簽了離婚協議書。

＊　＊　＊

之後的日子，妘蘭都一個人過著。

但是在這屋子裡，她回憶起過往的點點滴滴，索性在外面另外買了間二十幾坪的房子，並添購較為樸實的家具。

妘蘭又架起她的畫架，把所有的心力都投注在繪畫上。

美津知道她離婚後，她們一直都沒有見面，也沒有對離婚的事情談過太多，因為她知道，妘蘭需要一段療傷期。

將近半年，美津實在不知道妘蘭是怎麼過的。妘蘭搬了家，換了電話，都沒有跟她說，美津心中非常擔心。

就連衛明都打電話跟美津探聽妘蘭的消息。

衛明好不容易才打聽到美津的電話：「美津，妳知不知道妘蘭現在在哪裡啊？」

他匆促地說：「我打了好幾次手機，跟她留言她也沒回……」

他繼續說：「我還跑去她家等她，好像已經很久沒有人住了，都沒見到任何人出入……」

美津說：「其實，我也失去她的聯絡方式……」

她繼續說：「只知道她已經搬離那裡了，至於她現在住在哪裡，很抱歉，我也不知道……」

衛明：「那她有沒有跟妳聯絡？」

美津：「已經半年沒聯絡了……我真擔心……」

衛明很難啓齒地問：「妳可不可以幫我去問景松？」

美津：「你還不知道他們已經離婚了嗎？」
衛明不相信地問：「怎麼可能？什麼時候的事？」
美津：「半年多了……」
她繼續說：「我還以爲，妘蘭會去找你呢！」
衛明：「她已經半年多沒跟我聯絡了，我以爲……」
衛明繼續說：「因爲害怕對她造成困擾，所以我按耐住不跟她聯絡……」
他說：「但是幾個月以後，我想偶爾聯絡應該沒有關係，但卻已經找不到她了……」
他很恨地說：「到現在，我都一直以爲她爲了避嫌，所以才不跟我聯絡的……」
他們兩人忽然都非常擔心起妘蘭的狀況。
衛明問：「小恩呢？跟著妘蘭嗎？」
美津：「小恩跟爸爸住……」
美津忽然有個想法：「妘蘭會不會搬到美國跟家人住啊？」
衛明：「不會的，妘蘭一定還會見小恩的，她應該還在台灣……」
美津：「我看我還是直接逼問景松好了，你給我你的聯絡方式，有消息我再通知你。」
衛明留了聯絡方式給美津。
然後他說：「不管妘蘭見不見我，妳一定要讓我知道她在哪裡喔！」

美津心頭一陣酸：「會啦，你放心。」

於是，美津趕緊詢問景松公司的電話。

她打去公司找景松：「景松嗎？我是美津，妘蘭的朋友。」

景松以為發生什麼事了：「有什麼事嗎？妘蘭還好嗎？」

美津聽到景松這樣問，直覺不太對：「我是要問你妘蘭的聯絡方式的，她已經躲起來半年多了」。

景松：「我其實也不知道她住哪裡……」

美津焦急地問：「那妳都怎麼跟她聯絡的？」

景松說：「妘蘭有一支手機，但她好像不接陌生電話……」

他覺得事有蹊蹺，於是問美津：「妘蘭難道沒有跟妳聯絡嗎？」

美津說：「沒有，自從你們離婚後，我們只通過一次電話，之後就完全沒有妘蘭的消息……」

美津問：「她現在還好嗎？」

景松：「我也不知道……」

美津有點生氣：「怎麼會不知道，她不是會去見小恩嗎？」

景松：「我會開車載小恩過去妘蘭指定的地方，妘蘭會直接載小恩去她的住處……」

美津：「難道你都沒有問她近況嗎？」

景松有點生氣：「她不想說，我也不方便問啊！」
他又說：「搞不好她跟衛明正過著甜蜜的日子呢！」
美津氣炸了：「你就只會胡思亂想、胡亂猜測……」
美津替妘蘭的處境哭了出來：「你知道妘蘭爲了顧慮你，她做了多少努力嗎？」
她繼續抱不平：「而你，竟然因爲自己極度不安全感的性格……輕易地毀了妘蘭珍惜的這個家……」
景松不知道該說什麼，也覺得自己很對不起妘蘭。
美津繼續說：「衛明剛剛打電話給我，他說妘蘭這半年來都沒有跟他聯絡……」
她愈想愈難過：「天啊！你能想像妘蘭現在過的是什麼樣的生活嗎？」
景松一聽到這個消息，非常難過。
景松心想：「對呀！我一直以爲妘蘭會跟衛明一起過著快樂的生活，但萬萬沒想到，妘蘭將自己藏了起來……」
他回想起跟妘蘭碰面時的狀況：「可是她看起來竟然沒有任何的哀傷與埋怨……」
美津說：「給我妘蘭的手機，我直接跟她聯絡……」
景松這時又有點私心地說：「可是，也許妘蘭不想被人打擾。」
美津很生氣地說：「難道妳希望看到妘蘭一個人躲起來療傷嗎？」

景松自覺到自己的自私，於是就將手機號碼給了美津。

⁕　⁕　⁕

美津不斷地撥著手機，但都沒有人接。

於是她在語音信箱裡留言：「妘蘭，是我美津……妳快點出現吧，我很想妳。」

美津怕妘蘭將所有朋友的聯絡方式都丟了，於是留了兩次自己的電話。

但她始終沒收到妘蘭的回電。

於是美津打了電話給衛明：「衛明，我已經問到妘蘭的電話了，但是她都不接電話，也不回我電話……」

她將妘蘭的電話號碼給了衛明：「希望你能讓她出現……」

衛明也只能打電話、留言、等待妘蘭回電，但妘蘭始終沒有回覆……

⁕　⁕　⁕

美津與衛明一直注意畫壇動態，如果妘蘭有開畫展，那麼他們就見得到她了。

但等了許久，都沒有妘蘭的畫展消息。

衛明常在美術館晃，想碰碰運氣，看哪一天能夠遇到妘蘭，但卻都徒勞無功。

於是，他們將念頭動到景松身上。

美津打電話給景松：「最近妘蘭有要跟小恩見面嗎？」

景松：「妘蘭之前打電話給我，她知道我把電話告訴你們，她非常不開心……」

美津覺得內心受挫，於是說：「有什麼好不開心的，我們很關心她せ……」

景松：「她說如果我們利用小恩的關係，跑去跟她會面，那麼她就再搬家……」

美津很難過：「她連我這朋友都不要了嗎？」

景松：「我想，你們只好另外想辦法了，我幫不了你們了……」

於是美津放棄了搜尋妘蘭的行動。

倒是衛明仍不死心，仍常到他覺得妘蘭有可能去的地方閒晃。

一天，他忽然看到傑克梅蒂的展覽要在台北舉行的消息，於是在爲期一個月的展期，他從開館等到場地關門，持續不間斷……

就在展覽倒數第三天，在衛明等得幾乎絕望時，他遠遠就看見一個令他懷念的熟悉身影。

衛明幾乎不敢相信自己的眼睛，從人潮的隙縫中，確定再確定，那果然是他思念多時的女子——妘蘭。

妘蘭綁著馬尾，身上穿著T恤、牛仔褲，腳上依舊是那雙他們上次一起看傑克梅蒂雕塑展的布鞋……

衛明的心跳加速，又深怕妘蘭見到他就跑掉，於是他閃避妘蘭的視線，並且在妘蘭的後頭一路跟隨……

一直到妘蘭進了會場，他緊緊跟在她的身邊。

妘蘭專注地欣賞作品，完全沒注意到衛明在她身後許久。

直到衛明開口：「妳也來看展覽啊？」

妘蘭聽見身後傳過來衛明的聲音，她的眼淚不住潺潺留下。

衛明從身後摟著她的腰：「我發誓不再讓妳離開我了。」

衛明一路上牽著妘蘭的手，深怕她跑掉。

妘蘭想甩開他的手：「你不要這樣嘛！我們……」

衛明：「在這種場合想甩開我會很難看的，妳就乖乖地讓我牽著手，有話我們待會去外面說。」

妘蘭也覺得那樣會引起一番騷動，所以只好一路跟衛明牽著手。

其實妘蘭很喜歡這樣的感覺，她的內心湧入一股感動，但她知道他們兩人不可能有結果。

欣賞完之後，衛明建議到附近的咖啡廳坐一下，於是兩人又牽著手往咖啡廳走。

衛明：「妳爲什麼要躲起來？」

妘蘭賴皮地說：「我哪有躲起來？我現在不是出現在你面前嗎？」

衛明：「妳爲什麼都不和我聯絡？妳知不知道，美津擔心妳擔心得要死呢！」

妘蘭：「我只是想一個人靜一靜。」

妘蘭忽然抬頭說：「我眞是不應該來這裡的……」

她繼續說：「我就有預感會被你逮到……」

衛明：「妳爲什麼這麼怕我？」

妘蘭沉默不語。

衛明又問：「爲什麼？」

他繼續問：「妳知道我找妳找了一年了？妳知不知道這樣多麼令人擔心啊？」

他看看妘蘭的樣子：「妳這一年來是過什麼樣的生活呢？」

妘蘭看著他說：「請你忘掉我，好嗎？」

衛明說：「怎麼忘掉？妳眞以爲時間能夠沖淡我們的記憶嗎？」

他又說：「我們對彼此的感覺，一輩子也忘不掉啊！」

妘蘭：「那就藏在我們彼此的記憶深處好了。」

衛明：「我們經歷了那麼多阻礙……」

他說：「現在好不容易，我們都是孤身一人……」

他繼續說：「我不懂，爲什麼……我們還有什麼理由，需要孤獨地各自生活……」

他回憶著：「一路走來，到現在爲止，我們才有機會眞正在一起，不是嗎？」

他質問著：「我不懂，爲什麼到現在，妳還在逃避我……」

妘蘭眼淚涑然流下，看著衛明搖搖頭。

衛明絕望地問：「告訴我，現在又是什麼阻礙著我們？」

妘蘭說：「你難道忘了那天，你母親怎麼說的嗎？」

她提醒著衛明：「你母親說，她永遠不想再看到我了，她叫我不要再出現在她面前了！」

衛明：「我們可以求她呀！」

妘蘭：「你難道看不出來嗎？不可能的！她不可能接受我的！」

她又說：「而且，你別忘了，我應該怎麼面對你父親？我跟你們，該怎麼面對？」

衛明這時沉默不語，這樣的關係，的確難消釋。

妘蘭：「你看，就連你心中都無法消除這種疑慮，你憑什麼能跟我在一起？」

她又說：「不只是你，就連隆恕、你母親，你們整個家庭，都沒有辦法解除這個心結……」

她絕望地說：「而我，又要怎麼面對這種不倫的關係呢？」

衛明看著妘蘭，這才知道，爲什麼妘蘭要遠遠地躲著他。

衛明建議：「如果我們移民呢？離開這裡遠遠的。」

妘蘭：「我不希望你跟家裡的關係斷裂，如果你硬要跟我在一起，你母親不會原諒你的……」

妘蘭問：「你母親已經病得這麼嚴重了，難道你忍心因爲我們貪圖在一起的意念，而傷害你母親嗎？」

她說：「這種事情，我做不出來。」

衛明也不願意母親因爲他們而病情加重。

衛明顯得有些沮喪。

這時，妘蘭起身要離開。

衛明趕忙抓住她的手說：「妳要去哪裡？」

妘蘭：「我們都想不出更好的辦法來面對你母親，或許，我們沒有必要再牽絆彼此了。」

衛明抓著她的手，深切地望著她的眼睛說：「難道，你認爲我們彼此離異，有可能快樂嗎？」

衛明緊緊抓著她：「我不會再放掉妳了！難道要等到我們老了，或者誰先走了，才去遺憾那不可挽回的關係嗎？」

妘蘭知道，他們若不能在一起，她一輩子都會遺憾的……

衛明忽然想到了一個法子：「妳願不願意委屈一陣子，我們伺機讓母親知道我們在一起，取得她的諒解後，我們就立刻結婚。」

妘蘭想：「其實這樣也不失爲一個好方法，因爲對她跟衛明來說，兩個人是否結婚，早就不重要了……」

妘蘭心想：「只是，小恩已經歸她父親了，她實在想要再生一個小孩，那就一定要結婚。」

她又想：「有了衛明陪伴，即使沒有小孩，也不會太過遺憾。」

衛明知道妘蘭同意這樣的做法，於是又牽起她的手說：「走，帶我到妳住的地方。」

衛明開著車，由妘蘭指引他方向。

＊　＊　＊

到達新店山頂的別墅社區，妘蘭帶他進了其中一棟。

前院挺大的，種植許多桂花，散發出滿庭芬芳。庭院中還有一個提供給小孩遊玩的盪鞦韆，以及一副木頭桌椅，顯示主人常在這裡活動。

開門後，就是一個大約六坪的客廳，客廳的米黃色牆壁，配上淺綠卡其色的布料沙發，整體高貴而典雅。

妘蘭見衛明發呆：「坐啊！我去泡咖啡。」

衛明環繞著四壁，看著牆壁上妘蘭的畫作。

衛明：「妳的風格又變了，是這一年畫的啊！」

妘蘭：「嗯，果然不愧是專家。」

衛明見妘蘭穿著短袖，露出臂膀，加上剛換上的一身輕便短裙，露出她性感的小蠻腰。

他輕輕地用雙手扶著她的腰際，輕輕在她敏感的耳旁說：「從現在起，妳就是我的老婆，這裡就是我們的家。」

然後他忍不住地用雙唇含住她的柔軟耳垂，然後用舌頭在耳窩裡探尋，一邊用牙齒輕咬著她的耳際。

妘蘭幾乎在他懷中溶化，臀部更向他的身體挺去，擠壓、逗弄著他最硬體的部分。

他一把抓向她的恥骨部分，順勢用指頭頂起她的下體，並朝她的身體搓揉，讓她的臀部與他的硬挺緊緊貼合。

兩個人幾乎都快控制不住高漲的情慾，他的另一隻手環向她的上身，搓揉著她豐滿的胸部。妘蘭的身體幾乎無法支撐，身體被衛明掌控的部分，都跟隨著他的手律動著。

接著，衛明順著妘蘭的乳溝，將手探入她柔軟又富有彈性的胸部，不住地揉捏著。

這時妘蘭因爲太過興奮，不自主地發出了呻吟。

衛明邊用舌頭繞著她的耳窩，邊說：「沒想到妳這麼淫蕩。」

她臀部感受到衛明的硬挺，妘蘭也說：「沒想到你這麼色。」

隨即她又不住地呻吟。

衛明一把將她的身子翻轉過來，然後抱起她的臀部，將她「扔」進沙發後，自己就將整個身體撲向她。

衛明用自己的胸腔，感受妘蘭的胸部，他掀捲開她的T恤，看著她那已經彈出胸罩的乳房，他將她的胸罩鬆脫後，一邊用唇齒、舌頭挑逗她的乳房，一邊也用手擠壓搓揉著。

衛明的右手沿著她的恥毛，探至她的私處。摸到她濡濕下體的淫水，衛明更加的興奮起來。

妘蘭呻吟地說：「抱我到房間。」

於是在妘蘭嬌嗔的引導下，他們進入了房間。

時間過得很快，一轉眼就晚上了。

妘蘭催促著衛明：「你趕快回家吧！你媽媽會擔心的。」

衛明依依不捨地告別妘蘭，他說：「我會跟她提搬到外面住的事情。」

妘蘭笑了笑，點點頭。

＊　＊　＊

第二天，妘蘭打電話給美津。

美津一聽到妘蘭的聲音，就說：「妘蘭，是妳，妳在哪裡，妳知道我有多麼擔心妳嗎？」

妘蘭：「很抱歉，可是我那時候爲了躲避衛明所以……」

美津：「妳要逃避衛明，干我什麼事啊？」

妘蘭：「因爲他如果哀求妳，妳一定會讓他知道我住哪裡的……」

美津：「那妳也不必要連電話都不回吧！眞不夠意思。」
妘蘭：「對不起啦，原諒我。」
美津：「那爲什麼妳又會出現呢？悶壞了吧？」
妘蘭：「昨天我去看展覽，被衛明當場逮到。」
美津：「唉呀，那傻小子，還懂得甕中捉鱉啊！」
妘蘭：「妳不要嘲笑我了啦。」
美津：「想必，他使出一些招數說服妳不要逃避他？」
妘蘭：「對呀……」
美津：「是什麼啦？快說，你們達成什麼樣的默契？」
妘蘭：「他搬出來跟我住。」
美津：「這壞小子，他沒要跟妳結婚啊？」
妘蘭：「我們是考慮到他母親……」
美津：「也對啦，他母親一定會出來阻撓的，你們這樣暗暗來是比較妥，否則不知道她會用什麼樣的手段拆散你們。」
妘蘭：「不要這樣嚇我嘛，一點都不好笑。」
美津：「妳以爲我在說笑話給妳聽啊？想得美喔，妳這烏龜。」

妘蘭：「什麼烏龜？」

美津：「躲我躲了一年，比烏龜還烏龜。」

妘蘭：「我都已經跟妳道歉了嘛！」

美津：「以後不准妳再這樣了，就算妳不讓我知道妳住哪，至少讓我知道妳還活著，好嗎？」

妘蘭：「好啦，眞的很抱歉。」

美津：「妳究竟躲到哪裡了？」

妘蘭：「我沒辦法待在原來的房子裡，所以就到新店山上買了棟小別墅。」

美津：「聽起來，景松給妳的贍養費也不少喔！」

妘蘭：「對呀，他還把原本的房子留給我。」

美津：「那邊妳不想住，有沒有打算要賣啊？」

妘蘭：「沒有せ……那裡是小恩生長的地方，我想等她長大後，當她的嫁妝。」

美津：「喔……誰那麼幸運可以娶到妳家小恩？唉！眞可惜，我沒生出個兒子，否則我一定要逼妳把小恩嫁給他。」

妘蘭：「那我不就要慶幸妳沒生個兒子。」

美津：「哼，妳可別小看我，我還是有機會的。」

妘蘭：「你們還想要生嗎？」

美津：「沒有兒子，他好像會有點遺憾，畢竟他是家裡的獨子。」
妘蘭：「但也不是妳來生吧？」
美津：「他跟他老婆已經是名存實亡了，他老婆好像不太管他了。」
妘蘭：「現在這樣的經濟環境，一個人要養三個小孩，已經很辛苦了せ。」
美津：「對呀，我看他從早忙到晚，也挺心疼的，但他說，他要賺更多錢，養更多小孩……」
妘蘭：「他打算就一直這樣下去？」
美津：「他說他想跟老婆分手，可是我希望他不要這樣做。」
妘蘭很驚訝地問：「為什麼你不想他跟老婆離婚？」
美津：「照他對小孩那麼有責任感的個性，到時候我就要一個人帶三、四個小孩了。」
妘蘭：「你不是還想生嗎？」
美津：「那不一樣啊！自己生的，跟別人生的，更何況，又是那種半路跑來的小孩，一點親近感都沒有……」
妘蘭替小恩有點擔心：「小恩現在也正被人家這樣嫌棄。」
美津：「唉，大小姐，那不一樣好不好，那是她所能擁有的唯一一個小孩，疼都來不及了，還嫌。」
聽美津這樣說，妘蘭就安心了。

美津說：「不只是這樣，他還要付一大筆贍養費給老婆，然後還要負責小孩的學費……拜託，現在小孩唸書還眞貴，一個小孩至少要花你個千把萬，如果要送出國唸書，可就不只這樣了……」

美津又說：「不只這樣，他還要扶養他那年邁的父母，光是這些，想到就一個頭兩個大……如果到時候我們眞的結婚，那那些問題，就會直接落到我頭上了！」

妘蘭：「兩個人過平平淡淡的日子，閒雲野鶴，不是也挺好的嗎？」

美津：「拜託，那樣的日子哪叫閒雲野鶴，平平淡淡啊？那樣的日子超具挑戰性的好不好？我實在沒有那麼多的能量去應付這些。」

美津又說：「唉……我找的男人跟你那景松還有衛明都比不上啦！妳大小姐命好，大概也不會有這些凡人的苦惱啊！」

妘蘭確實不知道該如何安慰她：「這樣看來，我的問題好像比較容易處理喔。」

美津說：「是、是、是，妳只要搞定那個惡婆婆，去討好她、諂媚她，偶爾去動之以情，再偶爾去講講道理，要不然就請個傳教士嚇嚇她，跟她說不可以阻礙別人的幸福，否則會有報應……」

她繼續說：「如果都沒有用，那你們就去過你們的甜蜜兩人生活，偶爾派衛明回家探視他老母就好啦。」

跟美津這樣一聊，忽然覺得自己心頭的重擔輕了不少。

妘蘭：「我眞該早點找妳聊的。」

美津：「對呀，有我這個倒楣鬼幫妳墊背，妳想到都要偷笑呢！」
妘蘭：「也不是這樣啦……」
美津說：「好啦好啦，意思差不多如此啦。那我哪時候可以去妳家玩啊？」
妘蘭：「隨時都歡迎啊！」

※　※　※

衛明回到家後，他母親問：「吃過了嗎？」
衛明輕快地說：「吃飽了。」
他母親很久沒有看過他這副春風得意樣，感覺事有蹊蹺。
衛明坐在客廳陪父母看電視，一邊等待適合開口的時機。
衛明：「我明天搬出去住。」
他母親非常驚訝：「爲什麼要搬出去？搬去哪裡？」
衛明：「也在台北，我想要自己出去住，租個小套房。」
母親：「家裡有得住，幹嘛要去租套房？」
衛明：「我想要有完全屬於自己的空間，可以帶朋友回來……」
母親：「有朋友來就帶到家裡啊！」

衛明：「不太方便啦，我想要交女朋友……」

母親：「女朋友，那就帶回家讓我們認識啊！」

衛明：「還沒交女朋友啦，只是覺得有自己的空間，行動上比較自由……」

母親還要說些什麼，隆恕就打斷她的話。

隆恕說：「年輕人有自己的想法，你就讓他去吧！他又不是不回家。」

衛明心想，還好隆恕替他緩頰，否則他真不知道該怎麼說下去。

母親不甘願地說：「你可得常回家吃飯啊。」

衛明：「好的，我每個禮拜都會回來吃飯，我沒事就會回來看看你們啦。」

母親：「找到女朋友的話，要帶回來家裡喔。」

衛明：「我明天就開始搬東西。」

母親很驚訝：「房子已經找好了啊？」

衛明：「對呀，這幾天都在找，今天找到的。」

母親建議：「你要不要乾脆買棟房子算了。」

衛明：「不用啦，這只是暫時居住的地方，我以後還是會搬回來的啊！」

第二天，衛明就搬來跟妘蘭一起住，兩個人的生活幸福又甜蜜。

就這樣，時光荏苒，匆匆又過了一年。
一天，妘蘭吞吞吐吐地說：「衛明……」
衛明：「怎麼了？」
妘蘭：「我好像……懷孕了。」
衛明興奮地說：「懷孕了？我要當爸爸了！」
妘蘭卻沒那麼高興：「小孩沒戶籍怎麼辦？」
衛明：「我們去公證結婚好了。」
妘蘭：「沒有父母的祝福嗎？」
衛明：「那……我去跟母親開口好了。」
妘蘭顯露畏懼的眼神：「我怕，她不要這個孫子……」
母親經常的歇斯底里反應，衛明也沒有把握她會接受妘蘭的小孩。
正當兩人一籌莫展時，美津打電話說要來拜訪他們。
等美津來後，看著兩人的房子，羨慕地說：「這房子眞棒。」
她又跑到窗邊去：「這裡的景觀眞棒！」
美津這才忽然注意到妘蘭與衛明的神色。
美津說：「怎麼了？我打擾到你們了嗎？」

妘蘭說：「沒有，我們是有件事情想問問看妳的意見……」

美津：「什麼事情啊？」

妘蘭將現在的窘狀告訴美津。

美津說：「當然是先生下來再說啊！」

她說：「就讓木已成舟，他母親也拿妳沒辦法。」

妘蘭又想到：「如果到時候他母親知道了，因而病發怎麼辦？」

美津又說：「反正你們也不會因爲她的反對，而不要這小孩吧！」

妘蘭心想也對，無論如何，孩子總必須生下來。

美津又說：「我想，她應該會很想要一個孫子吧！」

她繼續說：「搞不好，到時候她把妳的小孩搶走，不讓他認妳這個媽媽呢！」

看妘蘭被美津嚇到的模樣，衛明說：「放心啦，她是在嚇妳的，我母親不會那麼殘忍的啦！」

美津：「我哪有在嚇她，那天你母親怎麼對待妘蘭的，你也看到了吧！」

衛明想到那天的可怕情況，也沉默了下來。

美津：「不管怎麼樣，反正都是要生，還不如將生產過程的變數降到最低，就是先不要跟你母親說，以免她跑來鬧……」

美津繼續說：「生了到時候你們再看狀況反應，最差的狀況就是我剛剛說的，你母親要將妘蘭跟小孩拆散，這種事情一定要避免，就算你們私奔也好……」

妘蘭覺得美津說得很有道理，看著衛明說：「對呀，最糟的狀況是，我帶著小孩離開你。」

美津：「妳看，妳又要躲起來了，眞受不了妳せ。」

她又說：「就算他母親要拆散妳跟衛明，那你們不會偷偷私會啊？妳啊！眞不知道該怎麼說妳……」

被美津這麼一講，妘蘭覺得自己好像很幼稚：「好啦！反正到時候妳再教我怎麼做好了……」

衛明：「唉！妳只想要小孩……就不會想要帶我走，眞是令人難過……」

妘蘭：「好了啦，你們不要再糗我了嘛！」

美津又四處看看：「哪一間要當嬰兒房啊？」

妘蘭帶美津到一間貼著藍色星星壁紙的房間。

美津：「眞是個幸運的小孩，什麼東西都有了嘛！眞令人羨慕。」

她又開玩笑地說：「你們家小孩如果是個男生，願不願意娶比他大幾歲的女生啊？」

妘蘭說：「我怎麼會知道啊？搞不好來個老少配呢！」

衛明：「妳怎麼這樣說啊？我才不希望兒子娶個老媽子回來。」

美津跟妘蘭做個鬼臉：「這人怎麼變得這麼沒有幽默感，眞掃興。」

衛明：「好好好，我惹人嫌，先躲起來。」

衛明讓妘蘭跟美津單獨聊天。

妘蘭：「妳現在還在那裡上班嗎？」

美津：「沒有，自從我懷孕到現在，都是他給我生活費的。」

妘蘭：「那……沒有打算要回去工作啊？」

美津：「我想要專心帶小孩，我不放心給人帶。」

美津繼續說：「我有時候想帶孩子遠走天涯，但一想到經濟壓力，就走不開了。」

妘蘭：「還好他是個負責任的男人。」

美津：「對呀，我才沒那麼傻，替一個沒有肩膀的男人生孩子。」

妘蘭：「妳不會擔心有一天出了什麼狀況？」

美津：「妳是說他離開我嗎？不會的啦！不過我倒是想過，如果有一天他過勞死……到時後，我眞不知道該怎麼辦。」

她又說：「不過他倒是有保險，受益人是我，以防萬一。」

妘蘭：「妳還眞看得開……」

美津：「否則怎麼辦？這樣的狀況，只能過一天算一天了，這部棋盤怎麼動，都一定會有問題的。」

妘蘭覺得美津面臨的問題，的確比自己沉重，而且難解許多，但她總是表現出開朗的樣子，令妘蘭相當佩服。

美津離開後，妘蘭與衛明決定，聽從美津的建議，先將孩子生下來，再去解決面對母親的問題。

卷十

一路上，妘蘭看著衛明，感覺到今天會發生一些大事。

慢慢地，車子漸漸駛往衛明家的方向。

妘蘭驚訝地問：「你是要帶我去你家嗎？」

衛明摸摸妘蘭的頭：「賓果，果然是我的好妻子，這麼聰明。」

妘蘭不覺緊張了起來，雙手按住衛明操縱方向盤的手：「停車，現在是什麼狀況？快給我停車。」

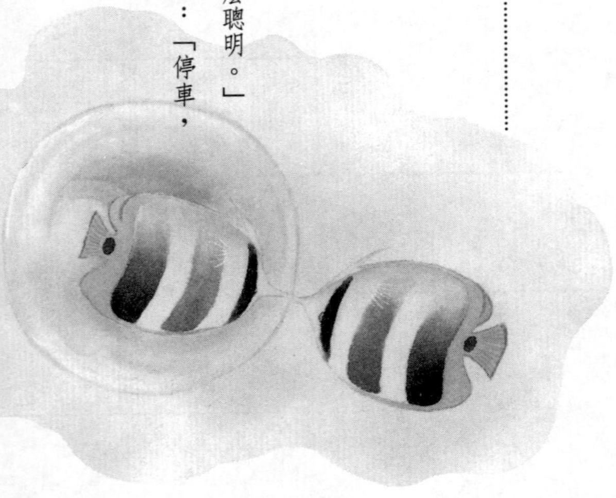

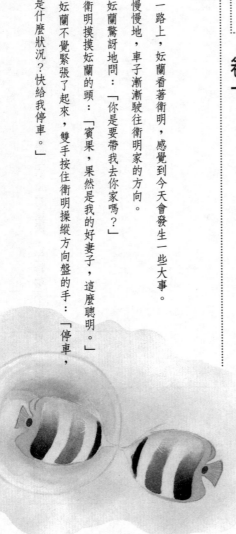

在妘蘭懷孕九個月的時候，衛明回到家裡，詢問母親的意見。
他說：「媽，如果妳即將有另一個孫子，妳會替他取什麼樣的名字？」
母親：「男的還是女的？」
衛明：「男的。」
母親：「那當然就叫作念理」。
衛明感受到母親思念仲理的心。
母親：「為什麼忽然問這種問題？」
衛明：「沒什麼，只是隨便問問。」
母親：「你們要瞞我到什麼時候？」
她說：「把她帶回來吧！」
衛明不相信母親已經知道了，便故意問：「誰？」
母親：「你還裝傻？」
衛明看看父親，隆恕點點頭。
母親：「我不是接受她，我是因為她懷了我的孫子，才願意接納她的。」
衛明不敢置信地說：「妳同意我娶她了？」
母親點點頭說：「我很久以前就已經知道你們住在一起了。」

她說：「我本來想阻止你們來往……」

她繼續說：「可是看到你那麼快樂的神情……卻又於心不忍。」

母親：「在我的記憶裡，你這二十年來從沒有笑得那麼燦爛過。」

衛明：「妳怎麼會看見……」

母親：「你剛搬出去的時候，我就覺得有問題，所以請人跟蹤你……」

她繼續說：「看到你那燦爛的笑臉，還有你們幸福的模樣，於是就打消阻擋你們的念頭……」

她又說：「但我並不想接納她，所以就當作沒這回事，事情就這樣一直拖著……」

她說：「直到有一次我在車裡看到她挺著個大肚子，我的內心又驚又喜……不知道應該怎麼辦才好……」

她說：「但無論她是誰，她肚子裡有我的孫子，我就不能讓我的孫子沒有媽媽……」

衛明聽完後高興地落下眼淚，摟著母親的肩膀：「媽，謝謝妳！我明天帶妘蘭來見你們。」

⁂ ⁂ ⁂

第二天，衛明從家裡過來，看似有種掩藏不住的喜悅。

妘蘭：「發生了什麼事啊？那麼開心。」

衛明拉著她的手說：「走，我帶妳去一個地方。」

妘蘭：「去哪裡啊？」
衛明故作神祕地說：「這是秘密，到時候妳就知道了。」
妘蘭：「我這身邋遢，你不讓我去打扮一下嗎？」
衛明這才發現妘蘭確實應該整理一下儀容，於是說：「喔，好呀！那……我到客廳慢慢等妳。」
妘蘭覺得衛明今天的表現特別奇怪：「當然啦，你要到房間等也可以啦。」
衛明不斷地看著牆上的時鐘，覺得時間過得特別慢。
終於，妘蘭梳妝打扮了一下，整個人看來更有精神。
衛明急忙說：「好，我們出發吧！」
他牽著妘蘭的手，慢慢走去開車。
一路上，妘蘭看著衛明，感覺到今天會發生一些大事。
慢慢地，車子漸漸駛往衛明家的方向。
妘蘭驚訝地問：「你是要帶我去你家嗎？」
衛明摸摸妘蘭的頭：「賓果，果然是我的好妻子，這麼聰明。」
妘蘭不覺緊張起來，雙手按住衛明操縱方向盤的手：「停車，現在是什麼狀況？快給我停車。」
衛明在路邊找了一個公園空地，停了下來。
妘蘭：「你爲什麼突然帶我回家？」

衛明將昨天發生的事情經過說給妘蘭聽。

妘蘭聽了以後，半晌不作聲，但眼淚卻流了下來。

妘蘭：「你沒有騙我吧？」

衛明：「我再大膽騙妳，我也不敢貿然帶妳回家啊！」

妘蘭搥著衛明說：「你怎麼這麼壞，你應該要讓我有心理準備呀，怎麼什麼都沒講，就要帶我到你家見你父母？」

衛明：「我想給妳一個驚喜嘛！」

妘蘭：「真受不了你ㄝ……你應該知道這對我來說有多麼重要……」

衛明：「對不起啦！」

妘蘭：「我……你先陪我到公園逛逛坐坐，好嗎？」

妘蘭似乎驚魂未定。

衛明：「好哇。」

於是他牽著妘蘭，一起在公園裡走著。

妘蘭：「你有跟他們約時間嗎？」

衛明：「我只說早上帶妳去見他們。」

妘蘭看看手錶：「我們十一點過去好了，給我半個小時冷靜一下。」

衛明覺得自己眞是魯莽說：「妳如果需要更多的時間，我可以跟他們延期。」
妘蘭：「不需要啦，我只是要調整一下自己的情緒，想想可能面對的狀況。」
妘蘭將她的擔憂告訴衛明：「如果你母親只是想要孫子，而不要我呢？」
衛明：「不會啦，她雖然情緒不穩定，但並不是個冷酷無情的人。」
妘蘭：「如果她不喜歡我呢？」
衛明：「至少她願意接受妳當我的老婆啊！」
妘蘭：「妳有跟她說要娶我嗎？」
衛明：「對呀，而且我們可以不用跟他們住在一起。」
走著走著，眼看著時間就到了。妘蘭抓著衛明的袖口說：「怎麼辦，我好害怕喔！」
衛明沒見她這麼緊張過：「不用怕，有我挺妳，大不了我們轉頭就走。」
妘蘭坐進車裡，心臟仍撲通跳著。
衛明握著她的手，讓她冰冷的手稍微溫暖。
到了衛明家，妘蘭戰戰兢兢地。
見到衛明母親嚴肅的臉，妘蘭說：「伯母，妳好……」
衛明母親說：「以後不要叫我伯母了，以後我們都是一家人。」
妘蘭不可置信地發愣，不知道該怎麼反應。

衛明在一旁提醒著：「叫媽媽呀！」

妘蘭緩慢地吐出：「媽！」

衛明的母親微微一笑，當作是回應。

隨即她說：「不要以爲我會眞的接納妳，我是因爲妳肚子裡懷的孫子，所以才不得已作出這樣的決定……」

她繼續說：「你們結婚以後只准住外面，我不准你們搬回來跟我住，我不想要常常看到妳……」

她說：「回來的話，記得要帶孫子來……」

妘蘭一直不敢看隆恕，怕衛明母親忽然惡言相向。

隆恕似乎也知道自己這時候沒有發言的權利。

衛明母親又說：「你們……打算哪時候結婚？」

她又繼續補充：「我不是爲了妳才催促你們結婚的，我是怕我的孫子變成私生子……」

妘蘭：「如果可以，等我做完月子，就辦理結婚手續……」

衛明母親問：「預產期是什麼時候？」

妘蘭回答：「下個月月中。」

衛明的母親很驚訝地說：「這麼快？已經要生啦？」

她像要趕人一樣：「那……你們還待在這裡幹嘛？這樣很危險的，趕快回去休息……」

見到衛明母親擔心她的健康，妘蘭感覺到一絲溫暖，於是眼中含著淚光。

衛明母親催促著衛明：「還楞在這裡幹嘛？趕快帶她回家啊！」

衛明覺得母親反應過度：「沒關係啦，又不是要臨盆了」。

衛明母親說：「就算還有一個月，也要多注意身體健康……」

妘蘭心想：「果然是生過孩子的女人，了解懷孕的辛苦。」

衛明母親忽然想到什麼：「對了，妳母親怎麼沒有來？她知道妳懷孕嗎？」

妘蘭說：「她下個月會過來照顧我，然後幫我坐月子。」

衛明母親說：「那就好，我會叫人送補品過去的……」

她又說：「身體千萬要照顧好，千萬不能有什麼閃失！」

妘蘭：「我會的，您請放心。」

離開衛明家後，妘蘭不由自主地流著眼淚。

衛明似乎頗能感同身受。

辛苦煎熬了這麼久，兩個人終於可以光明正大地在一起，並且獲得雙方家人的祝福，對妘蘭來說，之前的一切辛苦，都是值得的。

衛明跟妘蘭的手指緊緊地交錯在一起。